文豪と感染症

100年前のスペイン風邪はどう書かれたのか

永江朗・編
芥川龍之介　菊池寛
志賀直哉　与謝野晶子ほか

朝日文庫

本書は文庫オリジナルです。

文豪と感染症●目次

はじめに

永江　朗

新型コロナウイルス感染症の流行と同じようなことが一〇〇年前にもありました。「スペイン風邪」と呼ばれたそれは、記録に残る限り、一九一八年の三月にアメリカで最初の患者があらわれ、あっというまに世界に広がりました。世界では四〇〇〇万人が亡くなり、日本国内でも三八万から四五万人の命を奪ったと言われます。

奇妙なことにスペイン風邪は人びとの記憶から消えてしまいます。第一次世界大戦（一九一四年～一九一八年）や関東大震災（一九二三年）についてははっきりと記憶されているのに、犠牲者数だけでいうと戦争や震災よりも被害規模が数倍も大きかったパンデミックについては忘れられているのです。

しかし、当時の人びとが何も感じず、何も考えず、何も書き残さなかったというわけではありません。新聞は連日、死者数を報じましたし（いまと同じです）、人びとはマスクをつけ、うがいをしました（石鹼《せっけん》で手を洗うことの重要性はそれほど強調されていなかったようです。石鹼がウイルスの外膜を破壊するメカニズムが理解されていなかったからなのでしょうか）。

作家たちは、小説やエッセイ、日記などのかたちで、スペイン風邪について記録しました。自分自身や家族の罹患経験を題材にした作家もいれば、スペイン風邪を小説のいわば小道具として登場させた作家もいます。病気のつらさや悲惨さだけでなく、感染拡大によって引き起こされる不安や疑心暗鬼、侮蔑などさまざまな感情について書いた作家もいます。もちろん後手後手に回る行政への憤りも。そして、政治家の影がすごく薄い。

そう、なんだか現在を見ているようです。同じようなことが一〇〇年前にもあったのです。

一〇〇年で世の中はずいぶん変わったはずです。まわりを見回すだけで、一〇〇年前にはなかったものがたくさんあるし、一〇〇年前にはわからなかったこともずいぶん解明されました。でも人間はあまり変わっていない。影の薄い政治家というのは、つまり、優柔不断な政治家とか、責任から逃げることばかりしか考えていない政治家とか、選挙のことしか考えていない政治家とかばかり、ということで。

「同じことの繰り返しじゃないか」と驚き、呆《あき》れると同時に、二つの感情が生まれます。一つは、「あんなに悲惨だったスペイン風邪のパンデミックも、二年ほどで終息した。ということは此度《こたび》の新型コロナウイルス感染症も、もうちょっと待てば終息するに違いない」と安心する気持ち。もうひとつは「一〇〇年前にいちど経験したのに、その経験を活《い》かせなかったわたしたちって何？」という残念な気持ちです。そして、「こんなに大変なことだったのに、忘れてしまったのはなぜ？」という疑問も。

忘れてしまったから、経験を活かせなかったわけですが、なぜ忘れてしまったのか、忘れるには忘れるだけの理由とメカニズムがあったはず。「なんでなんだろう」という気持ちで、一〇〇年前の作品を読んでみました。

文豪と感染症

書簡

芥川龍之介

芥川龍之介（あくたがわ・りゅうのすけ）
一八九二年東京都中央区生まれ。「羅生門」「藪の中」など。作品の多くは短編であり、東西の古典文献を下敷きに創作したことも特徴である。スペイン風邪に二度にわたり罹患。病状は深刻で、友人への書簡には辞世の句を書いている。実父も感染により亡くす。一九二七年逝去。

大正七年（一九一八年）

十月二十四日　鎌倉から　薄田淳介宛

拝啓　今度ばかりはあなたにも御迷惑をかけて恐縮したし私自身も狼狽《ろうばい》して一方ならず弱りました手は神経痛だし眼は一方燐寸《マッチ》の火がはねて繃帯しているしするから一重《ひとえ》に久米の義侠心に依頼してなる可《べ》く小説を長く書いてくれと頼んであったのですが彼はそれを全然無視して「一つ芥川を面食わせてやるんだ」とか何とか云《い》う調子で急に十回にしてしまったなどとは実に不埒《ふらち》だと心得ます私の大阪毎日新聞社に負っている責任は半分がた久米の為に損害を蒙ったと申してもよろしい　が、やっと間に合わせましたからこれからは毎日中絶せずに書いて行きます尤《もっと》も右様の次第で少々急ぐ必要があるから出来栄は始から余り自信がありません今日五回へはいってやっと本文へとりかかったがどうも足並が甚《はなはだ》怪しいのです挿画を描く名越さんに対しても甚面目ないがどうも大目に見て頂く外はありませんしかもあれを書いてしまってから五つ断ってまだ二つ残っている新年号へ何か書かなければならないのだから全く心細くなりましたあれも精々長く書きますがそう無際限にも延ばされないから然《しか》る可く後の小説を御準備下さい何時《いつ》か有島生馬さんが御社から依頼を受けたように聞いていましたがまだ出ないように思いますもし有島さんだったら私から手紙を書いて懇願してもよろしい何しろ羽織が引かれないで何時までも高座に控えているのじゃ冷々していけません

御詫《おわ》び旁《かたがた》〻やっと手紙を書く暇を得て　以上

　即興

　原稿はまだかまだかと笹鳴くや

　十月廿四日朝

薄田淳介様

十一月二日　神奈川県鎌倉町原ノ台　高浜年尾宛（葉書）

鬼城句集難有《ありがと》うございました　俳画展覧会の原稿も御落手でしょうね　東京から送って置きました

僕は今スペイン風でねています　うつるといけないから来ちゃ駄目です　熱があって咳《せき》が出て甚苦しい。

胸中の凩《こがらし》咳となりにけり

十一月三日　鎌倉から　小島政二郎宛（葉書）

スペイン風でねています熱が高くって甚よわった病中髣髴《ほうふつ》として夢あり退屈だから句にしてお目にかけます

凩や大葬ひの町を練る

まだ全快に至らずこれもねていて書くのです　頓首

十一月五日　鎌倉から　小島政二郎宛（葉書）

退屈だから又これを書きますお互にこの風はい丶加減に御免を蒙りたいもんだ尤もこう云う事があるといろんな余技を恣《ほしいまま》に出来て便利です今日も床の上で絵を描いたり句を

作ったりしましたこの歌もその際の産物です

向つ尾に二もとある松朝焼くる空をいたしと二もとある松
朝焼のほのめく所向つ尾の二もと松はゆらぐともせず

それから小説集の名「傀儡師」にとりきめました外にもいろいろ考えたのがありますが
どうもこれが一番よさそうですいけませんか　以上

芥　川　生

十一月九日　鎌倉から　薄田淳介宛

拝啓　四回送りました　この頃やっと話をしっかり進行させられるようになって来ましたどうも今までの所は気に食わないこれからはもう少し小説らしく動いて行きます何しろ今までが今までだから評判は悪るかないかと思って大に社の為に気づかっていますそれから名越さんの挿画も内容より上等なので恐縮ですあなたからよろしくその恐縮の意を御伝え下さい今度ばかりは実際少し評判が気になり出しましたインフルエンザは御用心なさいなったらちょいとでも無理をしちゃ駄目ですよ忽《たちまち》猛烈にぶり返します私も起きて一回原稿を書いたんでひどい目にあったのです島村さんもそうだろうと思っていま

す昨日床をあげました
病中髣髴として夢あり
凩や大葬ひの町を練る
十一月九日　　　　　　龍
薄田学兄

●編者より

芥川龍之介は二度もスペイン風邪に罹りました。免疫はどうなっているんだろう。もっともPCR検査もない時代ですから、ほんとうのスペイン風邪だったのかどうかはわかりませんが。

スペイン風邪で体調は最悪なのに、とにかく小説を書かなければならない。療養に専念できないつらさが、友人・知人たちにあてた書簡からも伝わってきます。

これは現在の新型コロナウイルス感染症（長いので以下「コロナ禍」）でも同じこと。「仕事に穴をあけられない」という責任感もあるし、「仕事に穴をあけてしまったら、病気が治って復帰しても自分の居場所がなくなっているかもしれない」という恐怖心もあるでしょう。フリーランスならなおさらのこと。

〈熱があって咳が出て甚苦しい〉というのは、シンプルであるだけに、この病気の辛さがよく伝わってきます。

〈胸中の凩咳となりにけり〉

肺炎で胸がヒューヒュー鳴ったのでしょうか。

書簡を送った相手および登場する人名について記しておきます。

薄田淳介《すすきだじゅんすけ》は詩人・随筆家の薄田泣菫（きゅうきん。一八七七年〜一九四五年、岡山県出身）の本名です。芥川のこの書簡のころは大阪毎日新聞社に勤務していて、のちに芥川を同社に招きます。

久米というのは作家の久米正雄（一八九一年〜一九五二年、長野県出身）のことでしょう。芥川とは文芸誌『新思潮』の仲間です。久米については菊池寛や宮本百合子のところでも触れます。

名越《なごし》は名越国三郎。アールヌーボーの画風で知られる挿絵画家です。谷崎潤一郎『人魚の嘆き』の挿絵でも有名です。

有島生馬《ありしまいくま》は神奈川県出身の画家・文筆家。（一八八二年〜一九七四年）。有島武郎の弟で、里見弴の兄です。

高濱年尾は東京出身の俳人（一九〇〇年〜一九七九年）。高浜虚子の長男です。一九〇〇年生まれですから、このころはまだ中学生でしょうか（高浜年尾は小樽高等商業学校に進みます）。芥川のことばづかいが、いかにも年下の友人をいたわるようでほほえましい。

小島政二郎《まさじろう》は東京出身の小説家・俳人・随筆家です（一八九四年〜一九九四年）。長生きしただけに、晩年は文壇の大御所的存在でした。

芥川はスペイン風邪で実父を亡くします。二度の感染から生還した芥川ですが、それから九年後、自殺してしまいます。

「秋田雨雀日記」より

秋田雨雀

秋田雨雀（あきた・うじゃく）

一八八三年青森県黒石市生まれ。『埋れた春』『国境の夜』『太陽と花園』など。劇作家、プロレタリア文化運動家としてエスペラントの普及に努めた。師である島村抱月がスペイン風邪で僅か六日の闘病で亡くなる。秋田自身も感染症を患うが、快復。一九六二年逝去。

本章は「秋田雨雀日記」より一部を抜粋したものです。

大正七年（一九一八年）

十月二十六日
風邪。ひじょうな発熱！　苦しい。身体が痛んでしかたがない。
十月二十七日
風邪。ますますいけない。全身が痛む。発熱。（流行性感冒）
十月三十日
ぼくは風邪がなおったが、島村先生は須磨子と共に流行性感冒に苦しめられている。すこし心臓が弱いので、島村先生は呼吸困難を感じていられる由だ。医者を呼んで診てもらったそうだ。須磨子はかなりよくなったようだ。
十月三十一日
明日から明治座へいってみること。島村先生はかなり悪いので明治座へはゆかれないようだ。

十一月二日

明治座へゆく。「緑の朝」の稽古にたちあう。島村先生はまだいけないようだ。須磨子は稽古にでてきている。

十一月三日

明治座へゆく。須磨子の稽古があった。総ざらいで大部屋でやった。嵐吉三郎が梅の由兵衛の稽古をしていたが、こちらへきてごらんなさいといっていた。明治座の連中はみんな好意をもっていた。

十一月四日

明治座へゆく。「緑の朝」の稽古が一番最後になった。朝二時ごろになった。二時ごろ、島村先生危篤の報に接した。なんとも名状しがたい不安が襲うてきた。

十一月五日

今暁二時七分前、師島村抱月は芸術倶楽部の一室で死んだ。みんな明治座の舞台から帰ったときはまったく絶命していた。小林氏（須磨子の兄）もまさか死ぬとは思わなかったらしい。じつにひじょうな損失だ。須磨子は泣いてやまない。ぼくは車で早稲田大学に金子、中島二氏を訪い、家に帰って先生の小伝をもって帰った。楠山は坪内博士を訪うた。坪内博士は在来の感情を一掃してくれた。佐々山氏（令弟）もきた。ぼくは新関係をひきうけた。夜にいり、葬儀式相談万端でき、「死面」、納棺をおえたのは夜一時。帰宅。

十一月六日

　きょう一日、島村先生の遺骸を守っていた。金子馬治氏が葬儀委員長にあげられた。午後、明治座へゆく。須磨子の狂女は真に迫って、声涙ならび下るというような感じをあたえた。夜、倶楽部で芸術座の前後策（原文ママ）について討議。一、須磨子を座主とすること。一、中村吉蔵氏を脚本部主任とすること。一、脚本部は芸術座の芸術および一切の事務処理の任に当ること、を決定。

十一月七日

　きょうはとうとう先生と永遠の別れをしなければならない。朝十時ごろ、中村吉蔵氏が芸術座員および脚本部員を二階の一室に会して三ヶ条の宣言をした。俳優も各意見をのべて三ヶ条に承認をあたえた。十一時、告別式。棺を開いて各告別をした。須磨子はしばらく去ることができなかった。四時、葬儀——ぼくら受付および接待の任に当った。平沼博士、田山花袋、中村（吉）、相馬、中井、本間の諸君の弔詞、遺族および坪内博士、須磨子の焼香があった。四、五百の会葬。

（島村先生葬儀。正宗君は「不似合いな葬式」と評した。夜、早稲田エスペラント会に出席した。）

十一月八日

ようやく咽喉がなおったようだ。十二時すぎに芸術座へゆく。一時すぎ、川村君、中井君と三人で自動車を雇い、雑司ケ谷の墓地に向う。墓地は夏目の横を右に折れ、一丁くらいのところにある。茶屋には須磨子、先生の令嬢令弟などがきていた。座員を合わせて三十名ばかり、先生の墓前に集り、土をかけ焼香した。近傍の女や学生らが五、六十名集って、須磨子の焼香を見ていた。帰路、楠山、川村の二君から芸術座の仕事を献身的にやれとすすめられた。

十一月九日

いやなじめじめした日。きょう、島村先生遺族扶助料および芸術座建物の始末等につき、会議を開いた。一、建物をいったん震也氏の名義に移し、須磨子のほうに寄付し、須磨子より建物相当の金額を贈ること。一、香典全部島村家遺族にわたし、ことに香典返しの分は須磨子よりのこと。委員、金子(欠席)、五十嵐、伊原、中村、中島、秋田、その他山室、須磨子出席。

十一月十日

午前、島村先生の墓参をした。須磨子氏が九時半ごろきていた。マントを着て。午後、脚本部の人々全部が明治座へいった。明治座須磨子会、八分の入り。夜、川村君、長田君と共に帰る。

十一月十一日

朝、床をでると、久しぶりの日光がガラス窓をとおして室のなかに射してきた。九時すぎに墓地へゆく。事務所からテイブルと椅子をかりて名札受所を造り、藤井君と二人で線香をあげ、花をたてた。日光、日光！　温い、ひさしぶりの温かさ。墓参者がかなりあった。夫人、令息、令嬢、佐々山氏、松井須磨子氏もきた。夜六時から仏前祭、マスク、位牌《いはい》、心持のいい装飾、花輪、金色の燭台。焼香後、湯浅吉郎氏の平家琵琶の「戒の歌」。中桐、片上、湯浅、生方、石田、秋田の感想があり、十時、式を終えた。静かないい心持の会であった。

（墓前祭、仏前祭が満足に終えた。）

十二月六日

中村吉蔵、小林光雄の二君は帰京した。山室氏、用件で帰京。「競争」の稽古をした。文芸座の批評がまだできないでいる。川村君が東京からきた。「カルメン」の台本がほぼできた。川村君は調子が一本なので脚色しにくいとこぼしていた。楽屋へ市川君が島村先生の追悼号をもってきた。マスクはりっぱに写っている。松井氏は泣いていた。夜、村田君の夫の門脇君にあった。さびしい。

（きょうは、比較的客があった。）

大正八年（一九一九年）

一月四日

島村先生の墓参をした。墓地が凍りついている。塔婆が風で倒れていた。前田照雲君の弟子たちが「カルメン」の切符のことできたので、みんなで先生のお墓に線香をあげた。芸術倶楽部で松井にあった。元気がない。夜、有楽座へゆく。きょうのカルメンの歌は音楽とちっとも合わなかったが、ホセに殺されるところの形がひじょうによかった。きょうはお辞儀をしただけで、松井とは話さなかった。廊下を一人でさびしそうにして歩いていたのをみた。慰めてやればいいとも思わなかった。

一月五日

昨夜、島村先生のマスクの破れた夢をみた。朝、起きてまもなく島村先生の墓地へゆこうとすると、芸術座から電報がきた。「マツイシススグコイ」。ひじょうなショックを感じて、思わず立ちあがった。自殺！　という連想がすぐ頭を襲うた。先日からのいろいろな記憶がいちどにおしよせてきた。すぐに車をとばして芸術倶楽部へいった。池田氏（松竹会社）、米山、七沢、小林の兄弟がいた。道具部屋の物置で、正装して縊死《いし》を遂げたのであった。半面紫色になっていた。顔が整っている。無量の感慨に打たれた。

通夜、なんともいい表わせぬ感情！

一月六日

朝五時ごろ、通夜から帰った。新聞および通信係を分担した。各新聞の記者がおしよせている。葬儀は明七日午後三時から青山斎場でおこなうはず。葬主は小林かつ子（兄の娘――養女）。通夜、梅田夫人（晴夫の母）は松井の死体を生花で包んでやった。「みなさまがほめていますよ！」といって自分の顔を須磨子の顔へくっつけるようにしていた。梅田夫人は非常にデリケートな表現をもっている。五時まで通夜。

（松井須磨子の死が世間の問題になっている。）

大正九年（一九二〇年）

一月十七日

流行性感冒で、東京の人が毎日二百人ばかりづつ死んでいる。マスクと注射を励行している。ひる、石崎君がきた。夕方、坂本紅蓮洞がきて、雑談していると、神近君が大泉黒石にあいにきたので、つれていった。夜、「早文」の新年会が永楽倶楽部にあった。金子、中村、前田、本間、島田（青峯）、加能、西宮、宮嶋、森口、吉田の諸君、森戸助教授の事件につき、談話。

（森戸助教授のクロポトキン問題が世間の問題になっている。）

一月十九日

昨日の朝、中谷徳太郎が流行性感冒で死んだ。中谷が長谷川時雨にわかれてからの生活は悲惨であった。恋愛の勢力は驚くべきものだ。非常な才人だったが、いくらかノルマルではなかった。夜、池袋のそばやで池袋会があった。新聞記者なぞ大勢集った。たいして意味のある会ではない。

●編者より

秋田雨雀は島村抱月《しまむらほうげつ》の弟子です。

スペイン風邪によって起きた最大の〝事件〟は、島村抱月の死と、松井須磨子《まついすまこ》の後追い自殺かもしれません。

島村抱月（一八七一年～一九一八年）は劇作家で演出家。小説や詩も書き、文芸評論家でもありました。自然主義文学運動の中心のひとりで、オックスフォード大学とベルリン大学に留学し、早稲田大学の教授となります。

島村は欧米の演劇を日本に根づかせようと、文芸協会演劇研究所で新劇の上演を始めます。新劇というのは「旧劇（歌舞伎）とは違うよ」という意味ですね。

島村には妻がいましたが、看板女優の松井須磨子との仲がスキャンダルになり、文芸協会を追われます。追われた島村抱月と松井須磨子は芸術座を結成。上演したトルストイ原案・抱月脚色の『復活』は大成功し、松井須磨子が歌う『カチューシャの唄』は大ヒットしました。

「♪カチューシャかわいや　わかれのつらさ」というフレーズを耳にしたことがある人も多いでしょう。YouTubeで聴くと、歌はそれほどうまいと思えませんが、中山晋平のメロディは秀逸ですね。

松井須磨子は当時のスーパースター、スーパーアイドルです。もちろん島村抱月もよく知られている文化人。

その島村抱月がスペイン風邪で死んでしまった。一九一八年十一月五日のことです。享年四七でした。

それから二か月後の一九年一月五日、須磨子は抱月が亡くなった東京・横寺町の芸術倶楽部で首を吊ってしまいます。

松井須磨子の死はスペイン風邪の直接の犠牲者にはカウントされないかもしれないけど、パートナーの島村抱月がスペイン風邪で死ぬことがなければ須磨子も死ぬことはなかったはず。いわばスペイン風邪による関連死です。

後追い自殺はまれかもしれませんが、一家の大黒柱を失って困窮死した人など、関連した死者は少なくないでしょう。

感冒の床から

与謝野晶子

与謝野晶子（よさの・あきこ）
一八七八年大阪府堺市生まれ。『みだれ髪』『新訳源氏物語』など。夫・鉄幹と共に『明星』の中心的存在であったロマン派歌人。スペイン風邪の家庭内感染を経験する。政府の対応の遅さや貧富の差で有効な解熱剤を打てないことを強く批判した。一九四二年逝去。

『横濱貿易新報』一九一八年十一月十日掲載

今度の風邪は世界全体に流行《はや》って居《い》るのだと云《い》います。風邪までが交通機関の発達に伴《つ》れて世界的になりました。

この風邪の伝染性の急劇なのには実に驚かれます。私の宅などでも一人の子供が小学から伝染して来ると、家内全体が順々に伝染して仕舞《しま》いました。唯《た》だ此夏備前《このなつびぜん》の海岸へ行って来た二人の男の子だけがまだ今日まで煩《わずら》わずに居るのは、海水浴の効験《きゝめ》がこんなに著《いちじる》しいものかと感心されます。

東京でも大阪でもこの風邪から急性肺炎を起《おこ》して死ぬ人の多いのは、新聞に死亡広告が殖《ふ》えたのでも想像することが出来ます。文壇から俄《にわか》に島村抱月《しまむらほうげつ》さんを亡《うしな》ったのも、この風邪の与えた大きな損害の一つです。

盗人を見てから縄を綯《な》うと云うような日本人の便宜主義がこう云う場合にも目に附《つ》きます。どの幼稚園も、どの小学や女学校も、生徒が七八分《ぶ》通《とう》り風邪に罹《かゝ》って仕舞《しま》って後《のち》に、漸《ようや》く相談会などを開いて幾日《いくにち》かの休校を決しました。どの学校にも学校医と云う者がありながら、衛生上の予防や応急手段に就《つい》て不親切も甚《はなは》だしいと思います。米騒動が起《おこ》らねば物価暴騰の苦痛が有産階級に解《わか》らず、学生の凍死を見ねば非科学的な登山旅行の危険が教育界に解らないのと同じく、日本人に共通した目前《もくぜん》主義や便宜主義の性癖の致《いた》す所だと思います。

米騒動の時には重立《おもだ》った都市で五人以上集まって歩くことを禁じました。伝染性の急劇な風邪《ふうじゃ》の害は米騒動の一時的局部的の害とは異《ちが》い、直《たゞ》ちに大多数の人間の健康と労働力とを奪うものです。政府はなぜ逸早《いちはや》くこの危険を防止する為《ため》に、大呉服店《だいごふくてん》、学校、興行物、大工場、大展覧会等、多くの人間の密集する場所の一時的休業を命じなかったのでしょうか。そのくせ警視庁の衛生係は新聞を介して、成《な》るべく此際《このさい》多人数の集まる場所へ行かぬがよいと警告し、学校医もまた同様の事を子供達に注意して居るのです。社会的施設に統一と徹底との欠けて居る為に、国民はどんなに多くの避《さけ》らるべき、禍《わざわい》を避けずに居るか知れません。

今度の風邪は高度の熱を起《おこ》し易《やす》く、熱を放任して置くと肺炎をも誘発しますから、解熱剤を服《ふく》して熱の進向を頓挫《とんざ》させる必要があると云います。然《しか》るに大抵の町医師は薬価の関係から、最上の解熱剤であるミグレニンを初めピラミドンをも呑《の》ませません。胃を害し易い和製のアスピリンを投薬するのが関の山です。一般の下層階級にあっては売薬の解熱剤を以《もっ》て間に合せて居ります。こう云う状態ですから患者も早く癒《なお》らず、風邪の流行も一層烈《はげ》しいのでは無いでしょうか。官公私の衛生機関と富豪とが協力して、ミグレニンやピラミドンを中流以下の患者に廉売《れんばい》するような応急手段が、米の廉売と同じ意味から行われたら宜《よろ》しかろうと思います。平等はルッソオに始まったとは限らず、孔子《こうし》も『貧しきを憂《うれ》いず、均《ひと》しからざるを憂う』と云い、列子《れつし》も『均《ひと》しきは天下の至理《しり》なり』と云いました。同じ時に団体生活を共にして居る人間でありながら、貧民であると云う物質的の理由だけで、最も有効な第一位の解熱剤を服すことが出来ず他の人よりも余計に苦しみ、余計に危険を感じると云う事は、今日の新しい倫理意識に考えて確《たしか》に不合理であると思います。

○

実在が動的経験の過程であると云う事を最も顕著に実感させるものは、戦争を中心とした世界最近の局面です。複雑した種々《いろ〱》の理由からでしょうが、足掛《あしかけ》五年の間《あいだ》常に六七分《ぶ》の勝味《かちみ》を持って居た独墺《どくおう》側が、最近二三ケ月になって俄《にわか》に頽勢《たいせい》を示し、勃土《ぼつど》両国の降伏に次《つい》で墺匈国《おうきょうこく》の瓦解、独逸《ドイツ》皇帝の退位要求までに急転直下したのは意外です。ほんとうに世界は転動激変の中に在《あ》ります。明日の局面はどうなるか、学者にも新聞記者達にも全《まっ》たく予測の附《つ》かないのが只今《たゞいま》の実状です。唯《た》だ狂暴な戦争の終熄《しゅうそく》する時が近づいて、平和克復《こくふく》の曙光《しょこう》が見え出したと云う事だけは何人《なんぴと》にも予感されます。

戦争からの解放、ああ何と云う嬉《うれ》しい事でしょう。愛がどうの、正義がどうのと云った所で、罪悪の中の最大のものである戦争をして居る間は、人間は倫理と実行との矛盾の中に常に良心を裏切って居るのです、小善を幾《いく》ら積んでも大悪の贖罪にはなりません。戦争が止《や》めばこの矛盾から免《まぬか》れる事が出来ます。子供に対する家庭と学校の倫理も初めて後ろ暗い処《ところ》が無くなって、親も教師も良心の呵責《かしやく》を受けずに済みます。『兵《へい》は詭道《きどう》なり』と孫子《そんし》も二千年の昔に云いましたが、私達は茲《こゝ》に遅れ馳《ば》せながら戦争の非人道的、非文明的行為である事を真実に痛感しました。戦争が大仕掛であった丈《だけ》に、世界人類の大多数の胸に染々《しみぐ》と戦争の害悪が認識されました。之《これ》が昔の戦争と異《ちが》う所で、もう之《これ》から後《のち》大多数の人間の承認を経ずに少数の権力者の専断で開戦すると云う乱暴な事の出来なくなったのは此度《このたび》の戦争のお蔭《かげ》だと思います。

私は特に注意して今後の外国電報を読もうと思います。講和がどう云う風にして実現されるか。中欧と近東とに幾つの民主国が建設されるか。民族自決主義と云う問題が何《ど》処《こ》まで事実化されるか。交戦各国の巨大な戦費がどうして整理されるか。戦後に来《きた》ると予定されて居る世界の経済戦がどう云う風に進展するか。永久の平和を保障する国際同盟が果《はた》して有効に成立するか。出征《しゆつせい》の男子に代って占有した欧米婦人の職業がどの程度まで戦後にも婦人の手に維持されるであろうか。私達婦人が男子と共に注視すべき大問題は続々《ぞくぐ》として発生します。是等《これら》は遠方の問題で無くて凡《すべ》て私達日本人に影響する問題であるのです。こう云う動揺の甚《はなは》だしい時代には、よく注意しないと、世界の新潮に取《とり》残《のこ》されて迂《う》濶《かつ》固《こ》陋《ろう》な人間になる恐れがあります。

どの国でも、陸軍の軍人と云う者が馬車馬《ばしやうま》のように自分の専門以外の事を知らず、世界の文明に遅れて居る者ですが、独逸《ドイツ》はその軍人の蛮勇に誤《あやま》られて今度の戦争を起《おこ》し、そうして世界の憎悪を買って終《つい》に失敗しました。独逸《ドイツ》も墺匈国《おうきようこく》も今後は世界の文明に徹した聡明《そうめい》な国民自身の支持に由《よ》って復興するでしょう。戦勝国の日本では独逸と反対に益々《ます〱》軍人の勢力を加えるかも知れません。私達は軍人の意見に妄従すること無く、私達の自我を以《もつ》て直接に世界の文明に接触し、批判し、取捨《しゆしや》せねばならないと考えます。

序《ついで》に私は此欄《このらん》から原《はら》内閣の外相、内相及《および》警視総監に御注意します。日本の西比利亜《シベリア》出兵が一点の侵略的野心も無いことは言うまでも無いことですが、東京の電車の中の広告に『呑《の》むべしシベリヤの野《の》。更《さら》に飲むべし櫻正宗《さくらまさむね》』とあるのは怪《け》しからぬ事では無いでしょうか。それには馬上の軍人の絵までが附《つ》いて居ます。市営の電車にこう云う広告を寛仮《かんか》して置く事は田尻《たじり》市長にも責任があると思います。(十一月七日)

死の恐怖

与謝野晶子

『横濱貿易新報』一九二〇年一月二十三日掲載

悪性の感冒が近頃のように劇《はげ》しく流行して、健康であった人が発病後五日や七日で亡くなるのを見ると、平生唯《た》だ「如何《いか》に生くべきか」と云《い》う意識を先にして日を送っている私達も、仏教信者のように無常を感じて、俄《にわ》かに死の恐怖を意識しないでいられません。物価の暴騰に由《よ》って、私達精神労働者はこの四五年来、食物に就いて常に栄養の欠乏を苦にし、辛うじて飢餓線を守ることに努力しているのですが、今は其《そ》れ以上に危険な死の脅威に迫られているのを実感します。

死は大いなる疑問です。その前に一切は空になります。紛紛たる人間の盛衰是非も死の前には全く価値を失います。人生の価値は私達が死の手に引渡されない以内の問題です。こう考えると、私達は死に就いて全く知らず、全く一辞も著けることの出来ないことを思わずにいられません。死は茫茫《ぼうぼう》たる天空の彼方のように、私達の思慮の及ばない他界の秘密です。

或はまた、善悪、正邪、悲痛、歓楽の相対が「生」であるとするなら、其等の差別を超越した絶対一如の世界が「死」であるとも云われるでしょう。此《こ》の意味から「死」を絶対の安静と解することも出来ます。

また万法は流転して止《とど》まらず、一物として変化しないものは無いと共に、一物として滅するものは無いと考える時、生も死も、要するに一つの物が示す二様の変化に過ぎないことが直感されます。この意味から云えば、絶対は相対の中にあり、差別が即《すなわ》ち平等であることを思わずにいられません。生にして楽しくば死も楽しく、死にして悲しくば生も悲しく、否寧《むし》ろ苦楽悲喜の交錯が絶対の存在其物《そのもの》であるとも思われます。

私の体験を云うと、この第三の自覚が私の現在の死の恐怖を非常に緩和しているのを発見します。私は死を怖れているに違いありませんが、個体の私の滅亡が惜しいからでは無く、私の死に由って起る子供の不幸を予想することの為《た》めに、出来る限り生きて居たいと云う欲望の前で死を拒んでいるのです。絶対の世界に於《お》いて死は少しも怖るべき理由がありません。生の欲望と相対して初めて死が怖しくなります。

死を怖れるのも「如何に生くべきか」を目的としているからです。生の欲望を放棄するならば其処《そこ》には絶対の安静な世界が現われて来るでしょう。絶対の死は恐れるに足らない。唯だ相対の死を恐れるのです。

私は今、この生命の不安な流行病の時節に、何よりも人事を尽して天命を待とうと思います。「人事を尽す」ことが人生の目的でなければなりません。例えば、流行感冒に対するあらゆる予防と抵抗とを尽さないで、むざむざと病毒に感染して死の手に攫取《かくしゅ》されるような事は、魯鈍《ろどん》とも、怠惰とも、卑怯とも、云いようのない遺憾な事だと思います。予防と治療とに人為の可能を用いないで流行感冒に暗殺的の死を強制されてはなりません。

今は死が私達を包囲して居ます。東京と横浜とだけでも日毎《ひごと》に四百人の死者を出して居ます。明日は私達がその不幸な番に当るかも知れませんが、私達は飽迄《あくまで》も「生」の旗を押立てながら、この不自然な死に対して自己を衛《まも》ることに聡明でありたいと思います。世間には予防注射をしないと云う人達を多数に見受けますが、私はその人達の生命の粗略な待遇に戦慄します。自己の生命を軽んじるほど野蛮な生活はありません。

私は家族と共に幾回も予防注射を実行し、其外《そのほか》常に含嗽《うがい》薬を用い、また子供達の或者《あるもの》には学校を休ませるなど、私達の境遇で出来るだけの方法を試みて居ます。こうした上で病気に罹《かか》って死ぬならば、それまでの運命と諦めることが出来るでしょう。幸いに私の宅では、まだ今日まで一人の患者も出して居ませんが、明日にも私自身を初め誰れがどうなるかも解《わか》りません。死に対する人間の弱さが今更の如《ごと》くに思われます。人間の威張り得るのは「生」の世界に於てだけの事です。

私は近年の産褥《さんじょく》に於て死を怖れた時も、今日の流行感冒に就いても、自分一個のためと云うよりは、子供達の扶養のために余計に生の欲望が深まっていることを実感して、人間は親となると否とで生の愛執の密度または色合に相異のある事を思わずにいられません。人間の愛が自己と云う個体の愛に止まっている間は、単純で且つ幾分か無責任を免れませんが、子孫の愛より引いて全人類の愛に及ぶので、愛が複雑になると共に社会連帯の責任を生じて来るのだと思います。

感冒の流行期が早く過ぎて、各人が昨今のような肉体の不安無しに思想し労働し得ることを祈ります。

●編者より

　ともに『横濱貿易新報』という新聞に寄稿した文章です。行間から憤りが伝わってきます。

「感冒の床から」は大正七年（一九一八年）十一月に、「死の恐怖」はその一年あまりのち、大正九年（一九二〇年）一月に執筆・掲載されました。

前者は第一波の、後者は第二波のさなかに書かれたことになります。

「感冒の床から」を寄稿してから「死の恐怖」を寄稿するまでのあいだである一九年の三月に、晶子は末っ子となる藤子を出産しています。

　また、スペイン風邪が流行する直前の一七年十月には、寸という男の子が生まれましたが、この子は生後二日で亡くなってしまいました。

「死の恐怖」にある〈私は近年の産褥に於て死を怖れた時も、今日の流行感冒に就いても、自分一個のためと云うよりは、子供達の扶養のために余計に生の欲望が深まっていることを実感して〉という文章は、こうした出産と喪失の経験から出てきた感情なのでしょう。

　与謝野晶子と鉄幹の夫婦は子だくさんでした。幼い子供達を抱えて、気が気でなかったことでしょう。

一〇〇年前と現在の状況とがそのまま重なることに驚きます。〈盗人を見てから縄を綯うと云うような日本人の便宜主義がこう云う場合にも目に附きます〉ということばは、「後手後手」と批判される安倍政権・菅政権の政府の対応にあてはまります。

まあ、スペイン風邪のときは「なにぶん初めてのことなので……」と、少しは言い訳ができるかもしれません。しかしこたびの新型コロナウイルス感染症はスペイン風邪の再来、二度目ともいえるわけで、そう考えると一度目の経験がまったく活《い》かされていないことになります。

活かせなかったのは日本政府だけに限りませんが。

「歴史は繰り返す」ということばを思い出します。ただし『ルイ・ボナパルトのブリュメール18日』においてマルクスは「一度目は悲劇として、二度目は喜劇として」と付け加えました。

もちろん二一世紀の新型コロナウイルス感染症もスペイン風邪と同じように悲劇です。病に苦しむ人びと、肉親や友人を失って悲しむ人びと、家族や自分が罹患するのではないかと不安に怯《おび》える人びと、パンデミックによって生活がなり立たなくなってしまっている人びと。

でも、有効な対策を立てられず、右往左往・迷走する政府の姿は、やはり喜劇というしかありません。

「つゆじも」より

斎藤茂吉

斎藤茂吉（さいとう・もきち）
一八八二年山形県上山市生まれ。『赤光』『あらたま』など。『アララギ』の中心的人物として、実相観入の写生説を唱えた。一九二〇年一月にスペイン風邪に罹患、肺炎も併発し生死をさまよう病状であった。長くつづく後遺症に年の暮れまで悩まされた。一九五三年逝去。

本章は歌集「つゆじも」より一部を抜粋したものです。

大正七年

長崎歌会　大正七年十一月十一日
於斎藤茂吉宅　題「夜」

はやり風《かぜ》をおそれいましめてしぐれ来し浅夜《あさよ》の床に一人寝にけり

大正八年

十二月三十日。十一月なかば妻、茂太を伴いて東京より来る。
今夕二人と共に大浦長崎ホテルを訪う

四歳《よんさい》の茂太《しげた》をつれて大浦《おほうら》の洋食くひに今宵《こよひ》は来たり

はやり風はげしくなりし長崎の夜寒《よさむ》をわが子外《と》に行かしめず

寒き雨まれまれに降りはやりかぜ衰《おとろ》へぬ長崎の年暮れむとす

大正九年

漫　吟

一月六日。東京より弟西洋来る。妻・茂太等と共に大浦なる長崎ホテルにて晩餐《ばんさん》を共にせりしが、予夜半より発熱、臥床をつづく

はやりかぜ一年《ひととせ》おそれ過ぎ来しが吾は臥《こや》りて現《うつつ》ともなし

二月某日。臥床。私立孤児院は我家の向隣なり

朝な朝な正信偈《しやうしんげ》よむ穉児《をさなご》ら親《おや》あらなくにこゑ楽しかり

わが病やうやく癒えて心《こころ》に染《し》む朝の経よむ穉等《をさなら》のこゑ

対岸《たいがん》の造船所《ざうせんじよ》より聞こえくる鉄《てつ》の響《ひびき》は遠《とほ》あらしのごとし

鉄《てつ》を打つ音遠暴風《とほあらし》のごとくにてこよひまた聞く夜のふくるまで

●編者より

『つゆじも』は斎藤茂吉の第三歌集です。青空文庫で全文を読むことができます。

斎藤茂吉は大正・昭和を代表する歌人ですが、精神科の医師として医療の第一線に立つ人でした。自身では、自分の本業は医学であり、短歌は副業だと言っていたそうです。その厳しい性格は次男の北杜夫《きたもりお》のエッセイなどからもわかります。

ここに収録した短歌を詠んだ大正七年ごろは、教授として官立長崎医学専門学校（のちの長崎大学医学部）に勤務していました。

「妻」とあるのは斎藤輝子。茂吉は婿養子でした。年の差は十三歳。茂吉とは正反対の明るく活発な人で、茂吉が一九五三年に亡くなると、旅行家として世界を訪ね歩き、七九歳で南極に立った時は話題になりました。

茂吉との夫婦仲はよくなかったという話もありますが、どうなんでしょう。こうしてわざわざ長崎まで会いに来るのですから。

「茂太《しげた》」は長男の斎藤茂太。のちに「モタさん」の愛称で知られるエッセイストとして活躍しますが、茂太も父と同じく、「本業」は医師という姿勢を貫きました。

『つゆじも』には長崎着任後に詠んだものとして〈東京にのこし来しをさなごの茂太もおほきくなりにつらむか〉という歌もあります。

スペイン風邪に罹患した茂吉が、病床で聴いたという孤児院の子供達が読む「正信《しょうしん》偈《げ》」とは、親鸞《しんらん》の「正信念仏偈」のことでしょう。浄土真宗のお経で、もっともポピュラーなもの。茂吉宅の向こう隣にあった私立孤児院はお寺の付属施設だったのでしょうか。

『つゆじも』には〈陸奥《みちのく》に友は死につつまたたきのひまもとどまらぬ日の光かなや〉〈われつひに和《のど》に生きざらむとおもへども何にこのごろ友つぎつぎに死す〉という歌もあります。このとき茂吉は三十代なかば。

友が「つぎつぎに死」んだ原因はスペイン風邪だったのでしょうか。

「断腸亭日乗」より

永井荷風

永井荷風（ながい・かふう）
一八七九年東京都文京区生まれ。『あめりか物語』『ふらんす物語』など。耽美派の代表的作家として活躍し、のちに花柳界を題材に作品を書いた。一九一八年にスペイン風邪に罹患したのち三年間も深刻な病状に悩まされつづけるが、回復。一九五九年逝去。

本章は「断腸亭日乗」より一部を抜粋したものです。

大正七年（一九一八年）

十一月十一日。昨夜日本橋倶楽部、会場吹はらしにて、暖炉の設備なく寒かりし為《ため》、忽《たちまち》風邪ひきしにや、筋骨軽痛を覚ゆ。体温は平熱なれど目下流行感冒猖獗《しょうけつ》の折から、用心にしくはなしと夜具敷延べて臥す。夕刻建物会社〻員永井喜平来り断腸亭宅地買手つきたる由を告ぐ。

十一月廿八日。竹田屋主人来る。倶《とも》に蔵書を取片付くる中突然悪寒をおぼえ、驚いて蓐《じょく》中《ちゅう》に臥す。

十一月廿九日。老婆しん転宅の様子に打驚き、新橋巴家へ電話をかけたる由、昼前八重次来り、いつに似ずゆっくりして日の暮るゝころ帰る。終日病床に在り。

十一月三十日。八重次今日も転宅の仕末に来る。余風労未癒えず服薬横臥すれど、心いら立ちて堪えがたければ、強いて書を読む。

十二月朔。体温平生に復したれど用心して起き出でず。八重次来りて前日の如《ごと》く荷づくりをなす。春陽堂店員来り、全集第二巻の原稿を携え去る。

十二月二日。小雨降出して菊花はしおれ、楓は大方散り尽したり。病床を出で座右の文房具几《き》案《あん》を取片付く。此《こ》の度《たび》移転の事につきては啞々子兼てよりの約束もあり、来って助力すべき筈《はず》なるに、雑誌花月廃刊の後、残務を放棄して顧みざれば、余いさゝか責る所ありしに、忽之《これ》を根に持ち再三手紙にて来訪を請えども遂に来らず。竹田屋主人と巴家老妓の好意によりて纔《わずか》に荷づくりをなし得たり。

十二月三日。風邪本復したれば早朝起出で、蔵書を荷車にて竹田屋方へ送る。啞啞子の無責任なること寧《むしろ》驚くべし。午後主人手代を伴来り家具を整理す。此日竹田先日持去りたる書冊書画の代金を持参せり。金壱千弐百八拾円ほどなり。

十二月六日。正午病を冒して三菱銀行に往き、梅吉宅に立寄り、桜木にて午餉をなし、夕刻家に帰る。

十二月七日。宮薗千春方にて鳥辺山のけいこをなし、新橋巴家に八重次を訪う。其《その》後風邪の由聞知りたれば見舞に行きしなり。八重次とは去年の春頃より情交全く打絶え、その後は唯《ただ》懇意にて心置きなき友達というありさまになれり。この方がお互にさっぱりとしていざこざ起らず至極結構なり。日暮家に帰り孤燈の下に独《ひとり》粥啜《すす》らんとする時、俄《にわか》に悪寒を覚え、早く寝に就く。

十二月八日　体温平熱なれど心地すぐれす《ママ》、朝の中竹田屋来りて過日競売に出したる来青閣旧蔵の唐本中、落丁欠本のものあり、五拾円程総額の中より価引なされたしという。唐本には往々製本粗末にて落丁のもの有之由《これあるよし》。竹田屋この日種彦の春本水揚帳、馬琴の玉装伝、其他数種を示す。夜浅野長祚の寒檠璅綴《かんけいそうてつ》（芸苑叢書本）をよむ。

十二月九日。風邪全く痊《い》えざれど、かくてあるべきにあらねば着換の衣服二三枚を、往年欧米漫遊中購いたる旅革包に収め、見返り〳〵旧廬《きゅうろ》を出で、築地桜木に赴きぬ。両三日中に買宅の主人引越し来る由なるに、わが方にては築地二丁目の新宅いまだ明渡しの運びに至らず。いろ〳〵手ちがいのため一時身を置く処もなき始末となれり。此夜桜木にて櫓下の妓両三名を招ぎ《ママ》、梅吉納会の下ざらいをなす。

十二月十日。久米君より桜木方へ電話かゝりて、明十一日梅吉納会に語るべき明烏さらいたしとの事なり。夕暮花月に赴き、主人および久米、猿之助等と、赤阪長谷川に至り、猿之助の三味線にて放歌夜半に及ぶ。帰途花月主人の周旋にて土橋の竹家という旅館に投宿す。心いさゝかおちつきたり。

十二月十九日。終日雨ふる。寒気を桜木に銷す。悪寒甚しく薬を服して、早く寝につく。

十二月二十日。病よからず。夜竹田屋の主人旅亭に来り、明後日旧宅の荷物を築地に移すべき手筈を定む。二更の頃櫓下の妓病を問い来る。

十二月廿一日。頭痛甚しけれど体温平生に復す。正午櫓下の妓八重福明治屋の西洋菓子を携え再び見舞に来る。いさゝか無聊《ぶりよう》を慰め得たり。夕方竹田屋主人旧宅荷づくりの帰途、旅宿に来る。晩餐《ばんさん》を共にす。

十二月廿二日。築地二丁目路地裏の家漸《ようや》く空きたる由。竹田屋人足を指揮して、家具書《しよ》筐《きよう》を運送す。曇りて寒き日なり。午後病を冒して築地の家に往き、家具を排置す、日暮れて後桜木にて晩飯を食し、妓八重福を伴い旅亭に帰る。此妓無毛美開、閨中欷歔《ききよ》すること頗《すこぶ》る妙。

十二月廿三日。雪花紛々たり。妓と共に旅亭の風呂に入るに湯の中に柚浮びたり。転宅の事にまぎれ、此日冬至の節なるをも忘れいたりしなり。午後旅亭を引払い、築地の家に至り几案書筐を排置して、日の暮るゝと共に床敷延べて伏す。雪はいつか雨となり、点滴の音さながら放蕩の身の末路を弔うものゝ如し。

大正八年（一九一九年）

五月三十日。昨朝八時多年召使いたる老婆しん病死せし旨その家より知らせあり。この老婆武州柴又辺の農家に生れたる由。余が家小石川に在りし頃出入の按摩《あんま》久斎というものゝ妻なりしが、幾ばくもなく夫に死別れ、諸処へ奉公に出で、僅《わずか》なる給金にて姑と子供一人とを養いいたる心掛け大に感ずべきものなり。明治二十八九年頃余が家一番町に移りし時より来りてはたらきぬ。爾来《じらい》二十余年の星霜を経たり。去年の冬大久保の家を売払いし折、余は其の請うがまゝに暇をつかわすつもりの処、代るものなかりし為築地路地裏の家まで召連れ来りしが、去月の半頃眼を病みたれば一時暇をやりて養生させたり。其後今日まで一度びも消息なき故不思議の事と思いいたりしに、突然悲報に接したり。年は六十を越えたれど平生丈夫なれば余が最期を見届け逆縁ながら一片の回向をなし呉《く》るゝものは此の老婆ならんかなど、日頃窃《ひそか》に思いたりしに人の寿命ほど測りがたきはなし。

五月三十一日　新月鎌の如し。明石町の海岸を歩む。

大正九年（一九二〇年）

正月十二日。曇天。午後野圃子来訪。夕餉《ゆうげ》の後忽然《こつぜん》悪寒を覚え寝につく。目下流行の感冒に染みしなるべし。

正月十三日。体温四十度に昇る。

正月十四日。お房の姉おさくといえるもの、元櫓下の妓にて、今は四谷警察署長何某《なにがし》の世話になり、四谷にて妓家を営める由。泊りがけにて来り余の病を看護す。

正月十五日。大石君診察に来ること朝夕二回に及ぶ。

正月十六日。熱去らず。昏々《こんこん》として眠を貪る。

正月十七日。大石君来診。

正月十八日。渇を覚ること甚し。頻《しき》りに黄橙を食う。

正月十九日。病床万一の事を慮りて遺書をしたゝむ。

正月二十日。病況依然たり。

正月廿一日。大石君又来診。最早気遣うに及ばずという。

正月廿二日。悪熱次第に去る。目下流行の風邪に罹《かか》るもの多く死する由。余は不思議にもありてかいなき命を取り留めたり。

正月廿五日。母上余の病軽からざるを知り見舞に来らる。

正月廿六日。病床フロオベルの尺牘《せきとく》を読む。

正月廿七日。久米秀治来訪。

正月廿八日。褥中全集第四巻校正摺を見る。

正月廿九日。改造社原稿を催促する事頗急なり。

正月三十日。大工銀次郎来談。

正月卅一日。病後衰弱甚しく未《いまだ》起つ能《あた》わず。卻《かえっ》て書巻に親しむ。

二月朔。臥病。記すべき事なし。

二月二日。臥病。

二月三日。大石君来診。

二月四日。病床フォガツァロの作マロンブラを読む。

二月六日。啞々子来って病を問わる。

二月七日。寒気甚し。玄文社合評会の由。

二月九日。病床に在りておかめ笹続篇の稿を起す。此の小説は一昨年花月の廃刊と共に筆を断ちしまゝ今日に至りしが、褥中無聊のあまり、ふと鉛筆にて書初めしに意外にも興味動きて、どうやら稿をつゞけ得るようなり。創作の興ほど不可思議なるはなし。去年中は幾たびとなく筆乗《と》らんとして乗り得ざりしに、今や病中熱未去らざるに筆頻に進む。喜びに堪えず。

二月十五日。雪降りしきりて歇《や》まず。路地裏昼の中より物静にて病臥するによし。

二月十七日。風なく暖なり。始めて寝床より起き出で表通の銭湯に入る。

二月十八日。近巷を歩まんと欲せしが雨ふり出したれば止む。

二月十九日。風月堂に往き昼餉を食す。小説おかめ笹執筆。夜半を過ぐ。草稿後一回にて完結に至るを得べし。

二月二十日。終日机に凭《もた》る。昼過霰《あられ》の窓打つ音せしが夕方に至りて歇む。

二月廿一日。浴後気分すぐれず。

二月廿二日。早朝中洲病院に電話をかけ病状を報ず。感冒後の衰弱によるものなれば憂るに《ママ》及ばずとの事なり。安堵《あんど》して再び机に凭る。

二月の瓜も今は珍重するに足らざるなり。夜母上電話にて病を問わる。

三月十八日。玄文社劇評会の諸子、岡村柿紅君米国漫遊の別筵《べつえん》を山谷堀の八百屋に張る。夕刻人力車を傭《やと》って往く。途上神田川の夕照甚佳なり。此の夜八百善の料理往時の味なし。何の故なるを知らず。

三月二十日。天気好し。母上の安否を問わんと、新宿通にて人力車に乗る。途次横町の垣根道にて図らず戸川秋骨君に逢う。鬢髪蕭疎《びんぱつしょうそ》四五年前に比すれば別人の如し。夜家に帰るに俄に発熱三十八度に及ぶ。終夜眠を成さず。

三月廿一日。起出るに熱去りて気分平生の如し。風をおそれて家を出でず。

●編者より

「乗」には「記録」という意味があり、「日乗」は日記のことです。

荷風は一九一七年九月十六日から死の前日、一九五九年四月二十九日まで日記を書き続けました。

磯田光一編による岩波文庫『摘録　断腸亭日乗』の冒頭には、

〈この『断腸亭日記』は初《はじめ》大正六年九月十六日より翌七年の春ころまで折〻鉛筆もて手帳にかき捨て置きしものなりしがやがて二、三月のころより改めて日日欠くことなく筆とらむと思定めし時前年の記を第一巻となしこの罫紙本に写直せしなり以後年と共に巻の数もかさなりて今茲《こんじ》昭和八年の春には十七巻となりぬ

かぞへ見る日記の巻や古火桶

五十有五歳　荷風老人書〉

という文章が置かれています。

「断腸亭」は現在の東京都新宿区余丁町《よちょうまち》にあった荷風の住まいのこと。荷風は断腸亭主人を自称しました。

『日乗』にあるように、荷風は一八年に断腸亭のある余丁町の家を売却し、築地二丁目に仮住まいしたのち、現在の六本木一丁目に新築した偏奇館に移ります（四五年三月、

偏奇館は米軍の空襲を受けて焼けてしまいます。『日乗』には〈三月九日。天気快晴。夜半空襲あり。翌暁四時わが偏奇館焼亡す〉とあり、あたり一帯が火の海になる中、原稿を抱えて避難する自分と人びとを冷静に記述しています。『日乗』のクライマックスシーンのひとつです）。

引っ越しや不動産の売買というのは元気な時でも心身ともに消耗するものですが、荷風の場合はスペイン風邪罹患という最悪の状態だったことがわかります。

もっとも、『断腸亭日乗』を読むと、荷風はしょっちゅう体調を崩しています。「断腸亭」という亭号も、消化器系の弱さが由来のひとつだそうです。

十一月三日午後の事

志賀直哉

志賀直哉（しが・なおや）
一八八三年宮城県石巻市生まれ。「城の崎にて」『暗夜行路』「小僧の神様」など。白樺派の中心的人物として強烈な自我意識が特徴的な私小説を発表した。「流行感冒」では流行していたスペイン風邪を題材に感染症に怯え疑心暗鬼になる人々を描いた。一九七一年逝去。

一九一九年一月『新潮』三十巻一号掲載

晩秋には珍しく南風が吹いて、妙に頭は重く、肌はじめ〳〵と気持の悪い日だった。

自分は座敷で独り寝ころんで旅行案内を見て居た。さし当り実行の的《あて》もなかったが、空想だけでも、こう云《い》う日には一種の清涼剤になる。そして眠れたら眠る心算《つもり》で居た。其処《そこ》に根戸《ねど》に居る従弟が訪ねて来た。

自分は起きて縁側に出た。従弟は庭に溢《あふ》れている井戸で足を洗いながら、

「今日大分大砲の音がしましたね」と云った。

「あっちの方に聴えたね。小金ヶ原《こがねはら》あたりかしら」

「演習がもう始まったんだな。昨日停車場へ行ったら馬が沢山来ていた」

従弟は足を拭いて上って来た。二人は椅子の部屋に来た。従弟は自分の手にある旅行案内を見ると、

「そんな物を見て何かむほんの計画でもあるんですか」と云った。

二人は旅行の話をした。九州の方へ行くとすると汽車より濠洲《ごうしゅう》行きか何か、船の方が面白そうだというような話をした。そして長崎までの汽車賃と船賃とを、その本で調べたりした。

蜂が四五疋《ひき》、鈍いなりに羽音を立てて其辺《その》を飛び廻《まわ》った。毎年《まいねん》今頃になると寒さに弱った蜂が陽《ひ》あたりのいい此《この》部屋の天井へ来て集る。今年は子供がそれを手づかまえにしかねないので、気がつくと蠅《はえ》たたきで殺して居た。で、今も自分は従弟と話しながらそれ等《ら》を殺しては捨てて居た。

「今日は七十三度だよ」

「七十三度というと、どうなんです」

「今頃七十三度は暑いじゃないか。一寸《ちょっと》した山なら夏の盛だ」

「それに蒸すんですよ。蒸すからこんなに頭が変なんですよ」そう従弟の方で説明した。そして「今まで昼寝をしていたんだけど……」と顔を顰《しか》めながら、大分延びた丸刈の髪を両手の指で逆にかき上げた。

「久しぶりで散歩でもしようか」

「しよう」

「柴崎に鴨《かも》を買いに行こうか」

「いいでしょう」

自分は妻に財布とハンケチを出さした。妻は、

「町のお使は如何《どう》するの？　其鴨は今晩は駄目なの？」と云った。

「今晩は駄目だ」

二人は庭から裏の山へ出た。北の空が一寸険《けわ》しい曇り方をして居た。畑から子《ね》の神道《かみみち》に出て、暫《しばら》く行って又畑の間を小学校の方へ曲った。成田線の踏切を越して行く騎兵の一隊が遠く見えた。皆《みんな》帽子に白い布《きれ》を巻いて居た。

暫くして自分達も其踏切を越した。すると今度は後《うしろ》から歩兵の一隊が来た。其時それはかなり遠かった。二人は余り注意もせずに話しながら来たが、其一隊は寧《むし》ろ案外な早さで、間もなく自分達の直《す》ぐ背後《うしろ》に迫って来た。

「屹度《きつと》敵を追いかけて居るんですよ」と従弟が云った。

此蒸暑いのに皆外套《がいとう》を着て居る。幾ら暑くてもそれは命令で勝手には脱げないらしい。帽子だけは皆手に持って居た。それには矢張り白い布が巻いてあった。然《しか》しそれも先頭に歩いていた若い士官が一寸後を向いて何か簡単な号令をかけた時に皆は被って了《しま》った。蒸し風呂から出て来た人のような汗の玉が皆の顔に流れて居る。そして全く黙り込んで、只《ただ》急ぐ。汗と革類とから来る変な悪臭が一緒について行った。

十二三間長さの其隊は間もなく自分達を追い抜いて往った。一足遅れに行く或《ある》一人の疲れ切った後姿を見ながら、従弟は、

「何だか色んな物がちっとも身体について居ないのね。もう少し工合《ぐあい》よく作れそうなものだ」と云った。

「外套は二枚持って歩くのかい？」

「背嚢《はいのう》について居るんですか。あれは毛布でしょう」と従弟が云った。

兵隊は遠ざかって行った。往来には常になく新しい馬糞が沢山落ち散って居た。二人は中学時代に行った行軍の話などをしながら歩いた。

常磐線の踏切から切通しのだら〳〵坂を登って少し行くと彼方《むこう》の桑畑に散兵しているのが見えた。百姓が処々《ところぐ》に一トかたまりになってそれを見物していた。

東源寺《とうげんじ》と云う榧《かや》の大木で名高い寺への近道の棒杭のある所から街道を外《そ》れて入った。左手の畑道を騎兵が七八騎一列になって、馬を暢気《のんき》に歩かせて居た。間もなく、自分達は竹藪《たけやぶ》の中のじゅく〳〵した細い坂路《さかみち》を下りて、目的の鴨屋へ行った。

鴨は一羽もなかった。其朝丁度東京へ出した所だと云う。そして「今あるのはおしどり位なものです」と云った。それを見た。然しおしどりは未《ま》だ少しも馴《な》れていなかった。柵の隅で出来るだけ小さくなって、片方の眼だけを此方《こっち》へ向けて如何にも不安らしい様子をしていた。「雄は未だ雛《ひな》です。別々に捕ったので親子でないから雌に押されて居るんですよ」主は雄が地面へ腹をつけたきりで、若《も》し歩いても中腰でヨタ〳〵しているのを弁解するように云った。

近所の仲間には鴨もある筈《はず》だというので、自分は矢張りそれを頼んだ。二人は主がそれを取って来る間、一町程先の利根の堤防へ行って見た。堤防と云っても現在水の流れて居る所までは一里程もあって、其間は真菰《まこも》の生い茂った広々した沼地になっている。

二三発続いて銃声がした。近い所で、急に鴨が頓狂な声で鳴き立てた。遠くの方で小鴨の一群が飛び立った。銃声は尚《なお》続いた。脅《おびやか》されて、鴨の群は段々高く舞い上った。同じ堤防の上を此方へ向って二十騎程の騎兵が早足で来る。そして間もなく銃声は止んだ。二人は堤防を下りて引返《ひっかえ》して来た。

彼方《むこう》の四つ角で地図を持った士官が二三人の兵隊と何か大声で道の事を訊《き》いて居た。小さい田一つへだてた鴨屋の婆さんが矢張り大きい声でそれに返事をして居た。士官と兵隊とは急いで教えられた方へ入って行った。

自分達が其四つ角まで来た時に青くびの鴨を一羽、羽交《はがい》で下げた主と出会った。自分は其鴨の無邪気な突きだしている顔を見ると今二三分の間に殺して了うのが不快《いや》になった。食う為《ため》に買いに来て、余り面白くもない餌飼いの鴨を持って帰るのも考え物だと思ったが、兎《と》に角《かく》殺さずに持って帰る事にした。

鴨屋へ来ると主はそれを持って土間を抜けて裏へ廻った。殺す気かしらと一寸思った。そして少しいやな気をしながら、殺して来たら殺したでもいいと云う気を漠然持った。するると、

「殺しに行ったんじゃないんですか」と従弟が注意した。で、自分も、

「おい〳〵殺すんじゃないよ」と大声で主に注意した。

「此儘《このまま》お持ちになりますか」主はひねりかけた其手つきのまま、土間へ入って来た。

鴨はあばれもしなければ、鳴きもしなかった。自分達はそれを風呂敷に包んで貰《もら》って、其処を出た。

東源寺近道の棒杭の所まで帰って来ると、其処の百姓家に軍馬が二三匹つないであった。

「兵隊が寝て居る。如何したんだろう」と従弟は百姓家の方を覗《のぞ》き込んで云った。歩きながらだと、反《かえ》って藪垣《やぶがき》をとおして、それがチラ〳〵と見えた。「休んでいるのかしら。帽子は布《きれ》を巻いてませんね。そうすると先刻《さつき》のは逃げていたんだな」と従弟が云った。

街道へ出ると、五間程先の道端に上半身裸体にされた兵隊が仰向けに背嚢に倚《よ》りかかって寝ていた。一人が看護して居る。胸にハンケチを当てて、それに水筒から水をたらして居た。病人は意識も不確らしく眼をつぶった儘、力なく口を開けて居た。其癖顔だけは汗ばんでかなりに赤い。変な気がした。立ち止って見るのがいやだった。

それからだら〳〵の切通しを下りて来ると其処で二百人ばかりの歩兵の一隊と擦れ違った。かなりの急ぎ足で歩いている。隊の中頃へ来て自分は全くまいって了った一人の兵隊を見た。両側から一人ずつ其腋《わき》の下に腕を差し込んでまいった儘にどん〳〵隊の歩度で急いで行く。其兵隊はもう眼を開《あ》いてはいなかった。そして泥酔した人のように、肩に据《すわ》らない首を一足毎《ごと》に仰向けに、或いは右に左に振っていた。

同じような人が又来た。其顔には何の表情もない。苦痛の表情さえも現れない程苦し

は突き飛ばされたように前へのめって了った。支えていた兵隊の腕にも力はなかった。其人はレールの僅《わず》かな溝に引懸ると、其人いのだと云う気がした。丁度踏切りを越える時に足がレールの僅《わずか》な溝に引懸ると、其人

そして倒れた人は何も云わない。倒れたきりで居る。

　急ぎ足の隊は其処で一寸さえぎられると後から〳〵人が溜《たま》りかけた。

「止っちゃいかん」と士官が大きい声で云った。流れの水が石で分れるように人々は其処で二つに分れて過ぎた。人々の眼は倒れた人を見た。然し黙っている。皆《みんな》は見ながら黙って急ぐ。

「おい起《た》て。起たんか」頭の所に立っていた伍長《ごちょう》が怒鳴った。一人が腕を持って引き起そうとした。伍長は続け様に怒鳴った。倒れた人は起きようとした。俯伏《うつぶ》しに延び切った身体を縮めて一寸腰の所を高くした。然しもう力はなかった。直ぐたわいなくつぶれて了う。二三度其動作を繰り返した。芝居で殺された奴《やつ》が俯伏しになった場合よくそう云う動作をする。それが一寸不快に自分の頭に映った。倒れた人は一年志願兵だった。他《ほか》の兵隊から見ると脊も低く弱そうだった。

「これは駄目だ。物を去《と》ってやれ」と士官が云った。踏切番人のかみさんが手桶《ておけ》に水をくんで急いで来た。自分はそれ以上見られなかった。何か狂暴に近い気持が起って来た。

　そして涙が出て来た。

　後《あと》から来た従弟が、

「眠っちゃいかん、眠っちゃいかんって切《しき》りに云ってましたよ」と云った。

五六間来ると其処にも一人倒れて居た。力なく半分閉じた眼をしていながら、其兵隊は上半身裸体のまま起き上って歩き出そうとする。それも全く口をきかずに。「起きんでいい。起きんでいい」と看護している兵隊が止《と》めた。一人の兵隊が下の田圃《たんぼ》で田の水を水筒に入れて居た。従弟は妙な顔をして、それを自分に示した。十間程来ると其処に又一人倒れて居た。どれもこれも、ぼんやりと何の表情もない顔をして居る。

自身の背嚢の上に更に二つ背嚢を積み上げ、両の肩に銃を一挺《ちょう》づつかけて、黙々として一人歩いて来る若い小柄な兵隊に出会った。

少し行くと又一人倒れて居た。

「水を少し貰えませんか」それを看護している兵隊が丁度其処へ通りかかった四人連れの兵隊を見上げて声をかけた。「両方一滴もなくなっちゃった」

「少しあるだろう」とこういって其内の一人が立ち止って自身の水筒を抜いて渡した。

兵隊は眼をつぶって仰向けになっている兵隊の口にそれから僅な量をたらし込んだ。次に額に二三滴、ハンケチをかけた胸に二三滴、丁度儀式か何かのようにたらすと、其僅な水も使いきらぬようにして礼を云って立って居る兵隊に返した。其兵隊は水筒を受け取ると仲間を追って馳《か》けて行った。

　自分達はそれからも二三町の間に尚四五人そう云う人々を見た。

　小学校の前で従弟と別れた。そして夕方の畑道を急いで来た。自分は一人になると又興奮して来た。それは余りに明か過ぎる事だと思った。それは早晩如何《どん》な人にもハッキリしないでは居ない事がらだ。何しろ明か過ぎる事だ、と思った。総ては全く無知から来ているのだと思った。

　自分は不知《いつか》、道を間違えていた。まがる所をまがらずに来たのだ。子《ね》の神の入口まで行って自家《うち》の方へ引きかえして来た。

　帰ると直ぐ自分は風呂敷の鴨を出して見た。羽がいを交叉《こうさ》して其下に首を仰向けに差し込んであった。此間まで鳩《はと》を入れて置いた小屋の中で自分はそれを自由にしてやった。然し鴨は半死《はんじに》になっていた。羽ばたきをして地面をかけようとするが首がもう上らない。のどを延ばして、それを地面にすりつけて只《ただ》もがいた。自分は出して池へ放して見た。然し何故か真直ぐには浮ばない。直ぐ裏がえしになって白い腹を見せ、ばたばた騒いだ。

　自分は重ね〳〵不愉快になった。

「おや、お父様が鴨を買っていらした。とうとよ」こんな事をいって妻が小さい女の子を抱いて出て来た。

「見るんじゃない。彼方《むこう》へ行って……」自分は何という事なし不機嫌に云った。そして鴨は女中を呼んで隣の百姓へやって、殺して貰った。それを自家で食う気はもうしなかった。翌日それは他《よそ》へ送ってやった。

流行感冒

志賀直哉

一九一九年四月『白樺』第十年四月号掲載

上

最初の児《こ》が死んだので、私達には妙に臆病が浸込《しみこ》んだ。健全に育つのが当然で、死ぬのは例外だという前からの考は変らないが、一寸《ちよつと》病気をされても私は直《す》ぐ死にはしまいかという不安に襲われた。それで医学の力は知れたものだと云い〳〵矢張り直ぐ医者を頼りにした。自分でも恥かしい気のする事があった。田舎《いなか》だから四囲の生活との釣合い上でも子供を余りに大事にするのは眼立ってよくなかった。

百姓家の洟《はな》を垂《た》らした男の児が私の左枝子《さえこ》よりももっと幼い児をおぶって、秋雨のしとしとと降る夕方などに、よく傘もささずに自家《うち》の裏山に初茸《はつたけ》を探しに来る事がある。項《うなじ》を直角に、仰向《あおむ》いて眠っている赤児の顔は濡《ぬ》れ放題だ。そして平気でいつまでも〳〵うろついている。それらを見る時一寸変な気がする。乱暴過ぎると眉を顰《ひそ》めるような気持にもなるが、何方《どっち》が本統か知れないという気にもなる。自分達のやり方が案外利口馬鹿なのだとも思えて来る。然《しか》し、こう思う事で子供に対する私の神経質な注意は実は少しも変らなかった。

「去年はああ癖をつけて了《しま》ったから仕方がありませんが、此《この》秋からは余《あん》り厚着をさせないように慣らさないといけませんよ」夏の内、こんな事を妻はよく云《い》った。私もそれは賛成だったが、段々涼しくなるにつれて、いつか前年通りの厚着癖をつけさして了った。そして私は、

「一体お前は寒がらない性《たち》だからね。自分の体で人まで推《お》すと間違うよ」などと云った。

「お父様は又、人一倍お寒がりなんですもの……」夏頃頻《しき》りに云っていた割には妻もたわいなく厚着を認めて了った。

或時《あるとき》長い旅行から帰って来た友達の細君が、「○○さんが左枝ちゃんを大事になさる評判は日本《にっぽん》中に弘まって居ましたわ」といって笑った。友達の細君は行く先々の親類、知人の家《うち》でその話を聴いたと云うのだ。それは大袈裟《おおげさ》だが、人々が私のそれを話し合って笑っているような気のする事はよくあった。然しそれは私にとって別に悪くはなかった。私達が左枝子の健康に絶えず神経質である事を知って居て貰《もら》えば、人も自然、左枝子には神経質になって呉《く》れそうに思えたからだ。例えば私達のいない所で或人が左枝子に何か食わそうとする。所がその人は直ぐ一寸考えてくれる。私達ならどうするかと考えて呉れる。で、結局無事を願って食わすのをやめて呉れるかも知れない。そうあって私は欲しいのだ。殊《こと》に田舎にいると、その点を厳格にしないと危険であった。田舎者は

好意から、赤児に食わしてならぬ物でも、食わしたがるからである。

私の生れる半年程前《はんとし》に三つで死んだ兄がある。祖母に云わせると、それは利巧者だったそうだが、守《もり》が、使いの出先で何か食わせたのが原因で、腹をこわし、死んで了った。左枝子にそんな事があっては困る。それ故、私は自分の神経質を笑われるような場合にも少しも隠そうとは思わなかった。

流行性の感冒が我孫子《あびこ》の町にもはやって来た。私はそれをどうかして自家《うち》に入れないようにしたいと考えた。その前、町の医者が、近く催される小学校の運動会に左枝子を連れて来る事を妻に勧めていた。然しその頃は感冒がはやり出して居たから、私は運動会へは誰もやらぬ事にした。実際運動会で大分病人が多くなったと云う噂《うわさ》を聴いた。私はそれでも時々東京に出た。そして可恐《こわ》々《ごわ》自動電話をかけたりした。然し幸に自家《うち》の者は誰も冒《おか》されなかった。隣まで来ていて何事もなかった。女中を町へ使にやるような場合にも私達は愚図《ぐず》々《ぐず》店先で話し込んだりせぬようにと喧《やかま》しくいった。女中達も衛生思想からではなしに、我々の騒ぎ方に釣り込まれて、恐ろしがっている風だった。兎《と》に角《かく》可恐がっていてくれれば私は満足だった。

我孫子では毎年《まいとし》十月中旬に町の青年会の催しで旅役者の一行を呼び、元の小学校の校庭に小屋掛をして芝居興行をした。夜芝居《よしばい》で二日の興行であった。私の家《うち》でも毎年その日は女中達をやっていた。然し今年だけは特別に禁じて、その代り感冒《かぜ》でもなくなったら東京の芝居を見せてやろうというような事を私は妻と話していた。

「こんな日に芝居でも見に行ったら、誰でも屹度《きっと》風邪《かぜ》をひくわねえ」庭の井戸で洗濯をしていた石《いし》が縁を掃いているきみに大きい声でこんな事をいっていたそうだ。妻から聞いた。見す〳〵病人をふやすに決った、そんな興行を何故《なぜ》中止しないのだろうと思った。私は夕方何かの用で一寸町へいった。薄い板に市川某《いちかわなにがし》、尾上某《おのえなにがし》と書いた庵看板《いおりかんばん》が旧小学校の前に出してあった。小屋は舞台だけに幕の天井があって見物席の方は野天《のてん》で、下は藁《わら》むしろ一枚であった。余り聞いた事もない土地から贈られた雨ざらしの幟《のぼり》が四五本建っていた。こういえば総《すべ》てが見窄《みすぼら》しいようであるが、若い男や若い女達が何となく亢奮《こうふん》して忙《せわ》しそうに働いている所は中々景気がよかった。沼向うからでも来たらしい、いい着物を着た娘達が所々にかたまって場の開《あ》くのを待っていた。

帰って来る途《みち》、鎮守神《ちんじゅがみ》の前で五六人の芝居見に行く婆さん連中《れんじゅう》に会った。申し合せたやうに手織木綿のふく〳〵した半纏《はんてん》を着て、提灯《ちょうちん》と弁当を持って大きい声で何か話しながら来る。或者は竹の皮に包んだ弁当をむき出しに大事そうに持っていた。皆《みんな》の眼中には流行感冒などあるとは思えなかった。私は帰ってこれを妻に話して「明後日《あさって》あたりから屹度病人がふえるよ」と云った。

その晩八時頃まで茶の間で雑談して、それから風呂に入った。前晩はその頃はもう眠っていたが、其晩《そのばん》は風呂も少し晩《おそ》くなっていた。

二人が済《す》んだ時に、

「空《あ》いたよ。余《あんま》りあつくないから直ぐ入るといいよ」妻は台所の入口から女中部屋の方へそう声をかけた。

「はい」ときみが答えた。

「石はどうした。いるか？」私は茶の間に坐ったまま訊《き》いてみた。

「石もいるだろう？」と妻が取り次いでいった。

「一寸元《もと》右《え》衛門《もん》の所へ行きました」

「何しにいった」私は大きい声で訊いた。これは怪しいと思ったのだ。

「薪《まき》を頼みに参りました」

「もう薪がないのかい？……又何故夜なんか行ったんだろう。明るい内、いくらも暇があったのに」と妻も云った。

きみは黙っていた。

「そりゃいけない」と私は妻にいった。「そりゃお前、元右衛門の家《うち》へ行ったところで、夫婦共芝居に行って留守に決ってるじゃないか。石は屹度芝居へ行ったんだ。二人共いなかったから、それを頼みに出先へ行ったといって芝居を見に行ったんだ」

「でも、今日石は何か云ってたねえ、きみ。ほら洗濯している時。真逆《まさか》そんな事はないと思いますわ」

「いや、それは分らない。きみ、お前直ぐ元右衛門の所へいって石を呼んでおいで」

「でも、真逆」と妻は繰り返した。

「薪がないって、今いったって、あしたの朝いったって同じじゃないか。あしたの朝焚《た》くだけの薪もないのか？」

「それ位あります」きみは恐る〳〵答えた。

「何しろ直ぐお前、迎えにいっておいで」こう命じて、私は不機嫌な顔をしていた。

「貴方があれ程いっていらっしゃるのをよく知っているんですもの、幾らなんでも……」

そんな事をいって妻も茶の間に入って来た。

二人は黙っていた。女中部屋で何かごと〳〵いわしていたが、その内静かになったので、私は、

「きみは屹度弱っているよ。元右衛門の所にいない事を知って居るらしいもの。居れば直ぐ帰って来るが、直ぐでないと芝居へ行っていたんだ。何しろ馬鹿だ。何方《どっち》にしろ馬鹿だ。行けば大馬鹿だし。行かないにしても疑われるにきまった事をしているのだからね。順序が決り過ぎている。行ったら居なかったから、それを云いに行ったという心算《つもり》なんだ」

妻は耳を欹《そばだ》てていたが、

「きみは行きませんわ」と云った。

「呼んで御覧」

「きみ。きみ」と妻が呼んだ。

「はい」

「行かなかったのかい。……行かなかったら、早く御風呂《おふろ》へ入るがいいよ」

「はい」きみは元気のない声で答えた。

「屹度もう帰って参りますよ」妻はしきりに善意にとっていた。

「帰るかも知れないが、何しろあいつはいかん奴《やつ》だ。若《も》しそんなうまい事を前に云って置きながら行ったなら、出して了え。その方がいい」

私達二人は起きていようと云ったのではなかったが、もう帰るだろうという気をしながら茶の間で起きていた。私は本を見て、妻は左枝子のおでんちを縫《ぬ》っていた。そして十二時近くなったが、石は帰って来なかった。

「行ったに決ってるじゃないか」

「今まで帰らない所を見ると本統に行ったんでしょうね。本統に憎らしいわ、あんなうまい事を云って」

私は前日東京へ行っていたのと、少し風邪《かぜ》気だったので、万一を思い、自分だけ裏の六畳に床をとらして置いた。丁度左枝子が眼をさまして泣き出したので、妻は八畳の方に、私は裏の六畳の方へ入った。私は一時頃まで本を見て、それからランプを消した。間もなく飼犬がけたたましく吠えた。然し直ぐ止《や》めた。石が帰ったなと思った。戸の開《あ》く音がするかと思ったが、そんな音は聞えなかった。

翌朝《よくあさ》眼をさますと私は寝たまま早速《さつそく》妻を呼んだ。

「石はなんて云っている」

「芝居へは行かなかったんですって。元右衛門のおかみさんも風邪をひいて寝ていて、それから石の兄さんが丁度来たもんで、つい話し込んで了ったんですって」

「そんな事があるものか。第一元右衛門のかみさんが風邪をひいているなら其処《そこ》に居るのだっていけない。石を呼んで呉れ」

「本統に行かないらしいのよ。風邪が可恐《こわ》いからといって兄さんにも止《や》めさせたんですって。兄さんも芝居見に出て来たんですの」

「石。石」私は自分で呼んだ。石が来た。妻は入れ代って彼方《むこう》へ行って了った。

「芝居へ行かなかったのか?」

「芝居には参りません」いやに明瞭《はつきり》した口調で答えた。

「元右衛門のかみさんが風邪をひいているのに何時《いつ》までもそんな所にいるのはいけないじゃないか」

「元右衛門のおかみさんは風邪をひいてはいません」

「春子《はるこ》がそういったぞ」

「風邪ひいていません」

「兎に角疑われるに決った事をするのは馬鹿だ。若し行かないにしても行ったろうと疑われるに決った事ではないか。……それで薪《まき》はどうだった」

「沼向うにも丁度切ったのがないと云ってました」

「お前は本統に芝居には行かないね」

「芝居には参りません」

私は信じられなかったが、答え方が余りに明瞭《はっきり》していた。疚《やま》しい調子は殆《ほと》どなかった。縁に膝をついている石の顔色は光を背後《うしろ》から受けて居て、まるで見えなかったが、其言葉の調子には偽りを云って居るような所は全くなかった。それ故妻は素直に石のいった通りに信じている。私もそうかも知れないという気を持った。が、何だか腑《ふ》に落ちなかった。調べれば直ぐ知れる事だが調べるのは不愉快だった。後で私は「ああはっきり云うんなら、それ以上疑うのは厭《いや》だ。……然し兎も角あいつは嫌いだ」こんな事を妻にいった。

「そりゃあ、ああ云っているんですもの、真逆嘘《まさかうそ》じゃありますまいよ」

「なるべく然し左枝子を抱かさないようにしろよ」

根戸《ねど》にいる従弟《いとこ》が来たので、私は上の地面の書斎へ行って話していた。そして暫《しばら》くするとキャア〳〵という左枝子の声がして、それを抱いた石を連れて妻が登って来た。石はもう平常《へいぜい》通りの元気な顔をして左枝子の対手《あいて》になって、何かいっている。私は一番先に妻の無神経に腹を立てた。

「おじちゃま御機嫌よう」こんな調子に少し浮き〳〵している妻に、

「馬鹿。石に左枝子を抱かしてちゃあ、いけないじゃないか。二三日はお前左枝子を抱いちゃあ、いけない」私は不機嫌を露骨に出していった。妻も石もいやな顔をした。

「いらっちゃい」妻は手を出して左枝子を受け取ろうとした。妻は石に同情しながら慰めるわけにも行かない変な気持でいるらしかった。すると左枝子は、

「ううう、ううう」と首を振った。

「いいえ、いけません。いいや御用。ちゃあちゃんにいらっしゃい」

「ううう、ううう」左枝子は未《ま》だ首を振っていた。石は少しぼんやりした顔をしていたが、妻にそれを渡すと、其まま小走りに引きかえして行った。その後を追って、左枝子が切《しき》りに、

「いいや！　いいや！」と大きな声を出して呼んだが、石は振りかえろうともせず、うつ向いたまま駈《か》けて行って了った。

私は不愉快だった。如何《いか》にも自分が暴君らしかった。――それより皆《みんな》から暴君にされたような気がして不愉快だった。石は素《もと》より、妻や左枝子までが気持の上で自分とは対

岸に立っているように感ぜられた。いやに気持が白けて暫くは話もなかった。間もなく従弟は裏の松林をぬけて帰って行った。それから三十分程して私達も下の母屋へ帰って行った。

「石。石」と妻が呼んだが、返事がなかった。

「きみ。きみもいないの？　……まあ二人共何処《どこ》へいったの？」

妻は女中部屋へいって見た。

「着物を着かえて出かけたようよ」

「馬鹿な奴だ」

私はむッとして云った。

私には予《かね》てから、そのまま信じていい事は疑わずに信ずるがいいという考があった。誤解や曲解から悲劇を起すのは何より馬鹿気《ばかげ》た事だと思って居た。今朝《けさ》石が芝居には行かなかったと断言した時に、私はその儘《まま》になるべく信じられたら信じてやりたく思っていた。実際、嘘に決っているという風にも考えなかった。半信半疑のまま、其半疑の方をなくなそうと知らず〳〵努力していた形であった。所が半信半疑と思いながら実は全疑していたのが本統だった。こういう気持の不統一は、それだけで既にかなり不愉快であった。所で二人共逃げて行った。私は益々《ますます》不愉快になった。そして若しも石が実際行かなかったものなら、自分の疑い方は少し残酷過ぎたと思った。石が沼向うの家《うち》に帰って、泣きながら両親や兄にそれを訴えている様子さえ想い浮ぶ。誰が聞いても解らず屋の主人である。つまらぬ暴君である。第一自分はそういう考を前の作物《さくぶつ》に書きながら、実行ではそのまるで反対の愚《ぐ》をしている。これはどういう事だ。私は自分にも腹が立って来た。

「お父様があんまり執拗《しつこ》くおうたぐりになるからよ。行かない、とあんなにはっきり云っているのに、左枝子を抱いちゃあいけないの何の……誰だってそれじゃあ立つ瀬がないわ」

気がとがめている急所を妻が遠慮なくつッ突き出した。私は少しむか〳〵とした。

「今頃そんな事をいったって仕方がない。今だって俺は石のいう事を本統とは思っていない。お前まで愚図々々いうと又癇癪《かんしゃく》を起すぞ」私は形勢不穏を現す眼つきをして嚇《おど》かした。

「お父様のは何かお云い出しになると、執拗《しつっこ》いんですもの、自家《うち》の者ならそれでいいかも知れないけど……」

「黙れ」

女中が二人共いなくなったら覿面《てきめん》に不便になった。ちょこ〳〵歩き廻《まわ》る左枝子を常に一人は見ていなければならなかった。そして私は左枝子の守《も》りは十五分とするともう閉口した。他《ほか》に誰か居ればそれ程でもないが、一人で遊ばすと私の方でも左枝子の方でも直ぐ厭《あ》きて了った。

「いいや！　いいや！」左枝子は時々そういって女中を呼んだ。石もきみも左枝子は「いいや」であった。妻は如何にも不愉快らしく口数をきかずに、左枝子を負ぶって働いていた。

「晩めしはあるか」

「たきますわ」

「菜《さい》はどうだ」

「左枝子を遊ばしてて下されば、これから町へいってお魚か何か取って来ますわ」

「町の使は俺がいってやる。それに二人共ほっても置けない。遠藤と元右衛門の所へいって話して来よう」此《この》二人が二人を世話してよこしたのである。

「そうして頂きたいわ」

四時頃だった。私は財布と風呂敷《ふろしき》を持って家《うち》を出た。

田圃《たんぼ》路を来ると二三町先の渡舟場《わたしば》の方から三人連れの女が此方《こっち》へ歩いて来るのが見えた。石ときみと、それから石の母親らしかった。元右衛門の家《うち》の前に立ち止って少時《しばらく》此方《こっち》を見ていたが三人共入って行った。私は自分の疑い過ぎた点だけは兎に角先に認めてやろう、そしてどうせ先方《むこう》で暇を貰いたいというだろうから、そうしたら、仕方がない暇をやろうと考えた。

元右衛門の屋敷へ入って行くと土間への大戸が閉まっていて、その前に石の母親ときみと裸足《はだし》になっている元右衛門のかみさんとが立っていた。きみは泣いた後のような赤い眼をしていた。此事には全く関係がない筈《はず》なのに何故一緒に逃げたり泣いたりするのだろうと思った。

「俺の方も少し疑い過ぎたが……」そう云いかけると、

「馬鹿な奴で、御主人様は為《ため》を思って云って呉れるのを、隣のおかみさんに誘われたとか、おきみさんと三人で、芝居見に行ったりして、今も散々叱言《こごと》を云った所ですが……」母親はこんなに云い出した。私は黙っていた。

「何ネ、二幕とか見たぎりだとか」と母親は元右衛門のかみさんを顧みた。

「私、ちっとも知らなかった」元右衛門のかみさんは自身がそれに全く無関係である事を私に知って貰いたいようにいった。

「矢張り行ったのか」

「へえ、己《おのれ》の為を思って下さるのが解らないなんて、何という馬鹿な奴で」

「きみ、お前はこれを持って直ぐ町に行って魚でも何でも買って来てくれ。……それからお前には家《うち》でよく話したいから来てくれ」私は石の母親にいった。

「お暇《いとま》になるようなら、これから荷は直ぐお貰い申して行きたいと思って……」と母親はいった。

「そりゃ、何方《どっち》でもいい」と私は答えた。そして石には暇《ひま》をやる事に心で決めた。きみが使から帰った時に一緒に行くというので、私だけ一人先に帰って来た。

「矢張り行ったんだ」私は妻の顔を見るといった。私は自分の思った事が間違いでなかった事は満足に感じていた。然し明瞭《はっきり》と嘘をいう石は恐ろしかった。左枝子が下痢をした場合、何か他所《よそ》で食わせはしなかったかと訊いた時、食べさせませんと断言をする。或いは、自身が守りをしていて、うっかり高い所から落すとする。そして横腹をひどく打つとする。あとで発熱する。原因が知れない。そういう時、別に何もありませんでしたと断言する。これをやられては困ると私は思った。

「お父様、誰にお聞きになって？」

「石の母親から聞いた。元右衛門の家《うち》で今皆《みんな》来る所に会ったのだ」

妻は呆《あき》れたというように黙っていた。

「石はもう帰そう。ああいう奴に守りをさして置くのは可恐《こわ》いよ。今に荷を取りに来る」

石を帰す事には妻も異存ない風であった。然し私はこれから間もなく其処に起るべき不愉快な場面を考えると厭な気持になった。私は一人その間だけその場を避けたいような気も起したが、それは妻も同様なので仕方がなかった。石の親子の来るのを待っていた。何かいって石にお辞儀をされた場合、心に当惑する自分でも妻でもが眼に見えた。

然し私は石をその儘に置く事は仕まいと思った。私は暫く此不愉快な気持を我慢しようと思っていた。

使にやったきみが中々帰って来ない。少し晩《おそ》過ぎる。多少心配になって、私はぶらぶらと又町の方に行ってみた。坂の上まで来た時に丁度他所《よそ》から帰って来た友達に会った。私はその立話で前晩からの石の事を話した。私の話は感情を離れた雑談にはなり得なかった。或余り感じのよくない私情に即《つ》き過ぎていた。友達とは離れ〳〵な気持であった。私はそんな話を今云い出した事を悔いた。私は別れて町の方へ行った。魚屋へ行くときみは今帰った所だといった。何処かで擦れ違ったのだ。又元右衛門の所へ帰って来ると、石は何か大きな声で話していたが、私の姿を見ると急いで土間に隠れて了った。其処にきみが来たので皆《みんな》連れて来るようにいって私は先に帰って来た。

「お前よく云って呉れ。なるべくあっさり云うがいいよ」

「よく云い聞かしても……駄目ね？」と妻は私の顔色を覗《うかが》いながら云った。

「一時は不愉快でも思い切って出して了わないと又同じ事が繰り返るよ」

「そうね」

台所の方に三人が入って来た。妻は左枝子を私に預けて直ぐ女中部屋の方へいった。

左枝子を抱いて縁側を歩いていると石の母親が庭の方から挨拶に来た。

「永々お世話様になりまして、……」といった。石は末っ子で十三まで此母の乳を飲んだとか、母親には殊に大事な娘らしかった。石の母親が感じている不愉快は笑顔をしても、叮嚀《ていねい》な言葉遣いをしても隠し切れなかった。顔色が変に悪かった。そして眼が涙を含んでいた。私は気の毒に思った。然し此年寄った女の胸に渦巻いている、私に対する悪意をまざ〳〵と感ずると、此方《こっち》も余りいい気はしなかった。嘘に対し、私達は子供から厳格過ぎる位厳格に教えられて来た。所が、石も、石の母親も嘘に対しては、それが嘘に止《とど》まっている場合、何もそんなに騒ぐ事はないと思っているらしかった。却《かえ》ってそれを云い立てて娘を非難する主人の方が遥《はる》かに性《たち》の悪い人間に見えたに違いない。私は石に就《つい》て、今度の事は兎も角も悪い、然しこれまで石が不正な事をしたと思った事は一度もなかったし、左枝子の事も本統に心配してくれた事は認めているし、というような事を云った。私は石に汚名をつけて出したという事になるのは厭だった。左枝子の為に、これでは安心出来ない自分達の神経質から暇を取って貰うのだからと云う風に、前に「兎も角悪い」といった言葉をさえ緩《ゆる》めて云った。然し母親にはそんな言葉を叮嚀に聴く余裕はなかった。そして荷作りを済ました石を呼んで、石にも挨拶をさせた。石は赤い眼をして工合《ぐあい》悪そうに、只《ただ》お辞儀をした。

「お父様」と座敷の内から妻が小手招《こてまね》きをしている。寄って行くと、

「もう少し置いて頂けない？」と小声で哀願するように云った。妻も眼を潤《うる》ませていた。

「狭い土地の事ですから失策で出されたというと、後迄《あとまで》も何か云われて可哀想ですわ。

それに関《せき》の事もありますし、関の家《うち》へはよくしてやって、石の家にはこんな事になったとすると、大変角が立ちますもの。関の家と石の家とは只でも仲が悪いんですから、こんな事があると尚《なお》ですわ。ね、そうして頂けない？　その内角を立てずに暇を取って貰えば、いいんですもの。石だって今度で懲《こ》りたでしょうよ。もうあんな嘘は屹度つきませんよ。……そうして頂けなくって？」

「……そんなら、よろしい」

「ありがとう」

妻は急いで台所の方へいって、石親子が門を出た所を呼び返して来た。

関というのは石と同じ村の者で私の友達の家《うち》へ女中にいっていたが、昔私の家の書生だった、或鉱山の技師と私達が仲人《なこうど》になって結婚さした女である。関の家と石の家とは前から仲がよくなかった。例えば石の家の山を止《と》めさして置いて初茸狩《はったけが》りに行くような場合、関の家でも何か用意して置くと、自家《うち》のお客様だからと、わざ〳〵遠廻りまでして私達を関の家へは寄らせぬ算段をした。こんな風だったから私達との事は此儘《このまま》で済むとしても私達の一方によく、他方に悪かった事が後《あと》まで両方の家《うち》に思わぬ不快な根を残し兼ねなかったのである。妻としては大出来だった。

其晩私は裏の六畳で床へ入って本を見ていると、

「今ね」そう云いながら妻はにこ〳〵して入って来た。

「旦那様はそりゃ可恐《こわ》い方なんだよ。いくら上手に嘘をついたって皆心《みんな》の中を見透《みとお》してお仕舞いになるんだからね……、こう云ってやったら、吃驚《びっくり》したような顔をして、はあ、はあ、って云ってるの」妻はくす〳〵笑いながら首を縮めた。

「馬鹿」

「いいえ、其位に云って置く方がいいのよ」妻は真面目《まじめ》な顔をした。

下

所が石は未《ま》だ本統の事を云っていなかった。実は一人で行ったのであった。それをきみまで同類にして知らん顔をしていた。此事《このこと》は少し気に食わなかった。前からきみの行かなかった事を私は知っていた。少くも十一時半までは家《うち》にいたのを私は知っていた。私の怒っているのを承知でそれから出掛けるのも変だし、万一出掛けたとすればそれは石を迎いに行ったに違いないと思っていた。所が石は母親にきみと一緒に行ったといって、その儘《まま》にしている。私は、或時それを妻に云うかも知れないと待つような気持でいた。然し石は遂《つい》にその事は知らん顔をして了《しま》った。忘れて了ったのかも知れない。兎《と》に角《かく》妻の御愛嬌な嚇《おど》しは余り役には立っていなかった。

石は全く平常《ふだん》の通りになって了った。然し私は前のような気持では石を見られなかった。何だか嫌《きらい》になった。それは道学者流に非難を持つというよりはもっと只《ただ》何となく厭《いや》だった。私は露骨に石には不愛想な顔をしていた。

三週間程経《た》った。流行感冒も大分下火になった。三四百人の女工を使っている町の製糸工場では四人死んだというような噂が一段落ついた話として話されていた。私は気をゆるした。丁度上《うえ》の離れ家《や》の廻りに木を植える為に其頃《そのころ》毎日二三人植木屋がはいって居た。Yから貰った大きな藤の棚を作るのにも、少し日がかかった。私は毎日植える場所の指図《さしず》や、或時は力業《ちからわざ》の手伝いなどで昼間は主《おも》に植木屋と一緒に暮していた。

そしてとうとう流行感冒に取り附かれた。植木屋からだった。私が寝た日から植木屋も皆来《みんな》なくなった。四十度近い熱は覚えて初めてだった。腰や足が無闇《むやみ》とだるくて閉口した。然し一日苦しんで、翌日になったら非常によくなった。所が今度は妻に伝染した。妻に伝染する事を恐れて直ぐ看護婦を頼んだが間に合わなかったのだ。此上はどうかして左枝子にうつしたくないと思って、東京からもう一人看護婦を頼んだ。一人は妻に一人は左枝子につけて置く心算《つもり》だったが、母と離されている左枝子は気六《きむず》ヶしくなって、中々看護婦には附かなかった。間もなくきみが変になった。用心しろと喧《やかま》しく云っていたのに無理をしたので尚《なお》悪くなった。人手がないのと、本人が心細がって泣いているので、時々此方《こっち》の医者に行って貰う事にして、俥《くるま》で半里《はんみち》程ある自身の家《うち》へ送ってやった。然し暫《しばら》くするとこれはとうとう肺炎になって了った。

今度は東京からの看護婦にうつった。今なら帰れるからとかなり熱のあるのを押して帰って行った。仕舞《しまい》に左枝子にも伝染《うつ》って了って、健康なのは前にそれを済まして居た看護婦と、石とだけになった。そして此二人は驚く程によく働いてくれた。

未だ左枝子に伝染《うつ》すまいとしている時、左枝子は毎時《いつも》の習慣で乳房を含まずにはどうしても寝つかれなかった。石がおぶって漸《ようや》く寝つかせたと思うと直ぐ又眼を覚して暴れ出す。石は仕方なく、又おぶる。西洋間といっている部屋を左枝子の部屋にして置いて、私は眼が覚めると時々其部屋を覗《のぞ》きに行った。二枚の半纏《はんてん》でおぶった石がいつも坐ったまま眼をつぶって体を揺《ゆす》って居る。人手が足りなくなって昼間も普段の倍以上働かねばならぬのに夜はその疲れ切った体でこうして横にもならずにいる。私は心から石にいい感情を持った。私は今まで露骨に邪慳《じゃけん》にしていた事を気の毒でならなくなった。全体あれ程に喧しくいって置きながら、自身輸入して皆《みんな》に伝染《うつ》し、暇を出すとさえ云われた石だけが家《うち》の者では無事で皆の世話をしている。石にとってはこれは痛快でもいい事だ。私は痛快がられても、皮肉をいわれても仕方がなかった。所が石はそんな気持は気振《けぶ》りにも見せなかった。只一生懸命に働いた。普段は余りよく働く性《たち》とは云えない方だが、その時はよく続くと思う程に働いた。その気持は明瞭《はっきり》とは云えないが、想うに、前に失策をしている、その取り返しをつけよう、そう云う気持からではないらしかった。もっと直接な気持かららしかった。私には総《すべ》てが善意に解せられるのであった。私達が困っている、だから石は出来るだけ働いたのだ。それに過ぎないと云う風に解《と》れた。長いこと楽しみにしていた芝居がある、どうしてもそれが見たい、嘘をついて出掛けた、その嘘が段々仕舞には念入りになって来たが、嘘をつく初めの単純な気持は、困っているから出来るだけ働こうと云う気持と石ではそう別々な所から出たものではない気がした。そして私達のは幸《さいわい》に簡単に済んだが肺炎になったきみは中々帰って来られなかった。病人の中にいて、遂にかからずに了った石はそれからもかなり忙《せわ》しく働かねばならなかった。私の石に対する感情は変って了った。少し現金過ぎると自分でも気が咎《とが》める位だった。

一ヶ月程してきみが帰って来た。暫くすると、それまで非常によく働いていた石は段々元の杢阿弥《もくあみ》になって来た。然し私達の石に対する感情は悪くはならなかった。間抜けをした時はよく叱りもした。が、じり〳〵と不機嫌な顔で困らすような事はしなくなった。大概の場合叱って三分《ぶん》あとには平常《ふだん》の通りに物が云えた。

四谷に住んでいるKが正月の初旬から小田原に家《うち》を借りて、家中《うちじゅう》で其処《そこ》へ行く事になったので、私達はそれと入代りに我孫子《あびこ》からKの留守宅に来て住む事にしていた。私には丸五年振りの東京住いである。久し振りの都会生活を私は楽しみにしていた。

その前から石には結婚の話があった。先は我孫子から一里余りある或町の穀屋《こくや》という事だった。私達が東京へ行くのと同時に暇をとるというので、私達もその気で後を探したが中々いい女中が見当らなかった。

　或時妻は誰からか、石の行く先の男は今度が八度目の結婚だという噂を聴いて、それを石に話した。そして兎に角もっとよく調べる事を勧めた。後で妻は私にこんな事をいった。

「石は余り行きたくないんですって。何でもお父さんが一人で乗気で、兎に角行って見ろ、その上で気に入らなかったら、帰って来いって云うんですって。どうも其処が当り前とは大分違いますのね。行く前に充分調べて、行った以上は如何《どん》な事があっても帰って来るな、なら解っているが、帰るまでも、一度は行って見ろと云うのは変ね」

　その後《ご》暫くして石の姉が来て、その先は噂の八人妻を更《か》えたという男とは異《ちが》う事が知れた。そして、石は少しも厭ではないのだと姉は云っていたそうだ。

　石は先の男がどう云う人か恐らく少しも知らずに居るのではないかと思った。写真を見るとか、見合いをするとかいう事もないらしかった。何しろ田舎《いなか》の結婚には驚く程暢《のん》気《き》なのがあるのを私は知っている。結婚して初めて、此家《うち》だったのかと思ったというようなのがある。私の家《うち》の隣の若い方のかみさんがそれだ。来て見たら、自分の思っていた家の隣だった。そして、貧乏なので失望したという話を私の家の前にいた女中にしたそうだ。然しその家族は今老人夫婦、若夫婦で貧乏はしているらしいが至極《しごく》平和に暮している。

「石の支度は出戻りの姉のがあるので、それをそっくり持って行くんですって。何だか直《ちょく》でいいわね」妻は面白がっていた。

石の代りはなかったが、日が来たので私達は運送屋を呼んで東京行きの荷造りをさした。そして翌朝《よくあさ》私達も出かけるというその夕方になると、急に石は矢張り一緒に行きたいと云いだした。

「何だか、ちっとも解りやしない。お嫁入りまでにお針の稽古をするから是非暇をくれと云うかと思うと、又急にそんな事を云い出すし。皆《みんな》が支度をするのを見ている内に、急に羨《うらやま》しくなるのね。子供がそうですわ」と妻がいった。

それを云いに帰った石と一緒に翌朝来た母親は繰り返し〳〵どうか二月一杯で必ず帰して貰いたいと云っていた。

上京して暫くすると左枝子が麻疹《はしか》をした。幸に軽い方だったが、用心は厳重にした。石もきみもその為には中々よく働いた。一月半程《ひとつきはん》していよ〳〵石の帰る時が近づいたので、或日二人を近所へ芝居見物にやった。何か恐ろしい者が出て来たとか、石は二幕の間どうしても震えが止らなかったのを暫くして、やっと直ったと云う話がある。

いよ〳〵石の帰る日が来たので、先に荷を車夫に届けさして置いて、丁度天気のいい日だったので、私は妻と左枝子を連れて一緒に上野へ出かけた。停車場《ていしゃじょう》で車夫から受け取った荷を一時預けにして置いて、皆《みんな》で動物園にいった。そして二時何分かに又帰って改札口で石を送ってやった。

私達には永い間一緒に暮した者と別れる或気持が起っていた。少し涙ぐんでいた石にもそれはあったに違いない。然しその表れ方が私達とは全く反対だった。石は甚《ひど》く不愛想になって了った。妻が何かいうのに碌々《ろくろく》返事もしなかった。別れの挨拶一つ云わない。そして別れて、プラットフォームを行く石は一度も此方《こっち》を振り向こうとはしなかった。よく私達が左枝子を連れて出掛ける時、門口《かどぐち》に立っていつまでも見送っている石が、こうして永く別れる時に左枝子が何か云うのに振り向きもしないのは石らしい反《かえ》って自然な別れの気持を表していた。

私達が客待自動車に乗って帰って来る時、左枝子はしきりに「いいや、いいや」といっていた。

石がいなくなってからは家《うち》の中が大変静かになった。夏から秋になったように淋しくも感ぜられた。

「芝居を見にいった時、出さなくて矢張《やっぱ》りよかった」

「石ですか？」と妻がいった。

「うん」

「本統に。そんなにして別れると矢張《やっぱ》り後で寝覚《ねざ》めが悪う御座いますからね」

「あの時帰して了えば石は仕舞まで、厭な女中で俺達の頭に残る所だったし、先方《むこう》でも同様、厭な主人だと生涯思う所だった。両方とも今と其時と人間は別に変りはしないが、何しろ関係が充分でないと、いい人同士でもお互に悪く思うし、それが充分だといい加減悪い人間でも憎めなくなる」

「本統にそうよ。石なんか、欠点だけ見れば随分ある方ですけれど、又いい方を見ると中々捨てられない所がありますわ」

「左枝子の事だと中々本気に心配していたね」

「そうよ。左枝子は本統に可愛いらしかったわ」

「居なくなったら急によくなったが、左枝子が本統に可愛かったは少し慾目かな。そうさえしていれば此方《こっち》達の機嫌はいいからね」

「全くの所、幾らかそれもあるの」といって妻も笑った。「だけど、それだけじゃ、ありませんわ。此間もきみと二人で何を怒っているのかと思ったら、Tさんが、左枝ちゃんは別嬪《べっぴん》さんになれませんよ、と仰有《おっしゃ》ったって二人で怒っているの。何故《なぜ》そんな事を仰有ったか分らないけれど、Tさんは大嫌いだなんて云ってるの」

二人は笑った。妻は、

「今頃田舎で、嚔《くしゃみ》をしてますよ」と笑った。

石が帰って一週間程経《た》った或晩の事だ。私は出先から帰って来た。そして入口の鐘を叩《たた》くと、其時戸締りを開けたのは石だった。思いがけなかった。笑いながら石は元気のいいお辞儀をした。

「何時《いつ》来た？」私も笑った。私は別に返事を聴く気もなしに後《あと》の戸締りをしている石を残して茶の間へ来た。左枝子を寝かしていた妻が起きて来た。

「石はどうして帰って来たんだ」

「私が此間端書《はがき》を出した時、お嫁入りまでに若《も》し東京に出る事があったら是非おいで、と書いたら、それが読めないもんで、学校の先生の所へ持っていって読んで貰ったんですって。するとこれは是非来いという端書だというんで早速《さっそく》飛んで来たんですって」

「丁度いい。で、暫くいられるのか？」

「今月一杯いられるとか」

「そうか」

「帰ったらお嬢様の事ばかり考えているんで、自家《うち》の者から久し振りで帰って来て、何をそんなにぼんやりしてるんだと云われたんですって」

石は今、自家《うち》で働いている。不相変《あいかわらず》きみと一緒に時々間抜けをしては私に叱られているが、もう一週間程すると又田舎へ帰って行く筈《はず》である。そして更に一週間すると結婚する筈である。良人《おっと》がいい人で、石が仕合せな女となる事を私達は望んでいる。

●編者より

「十一月三日午後の事」はまるで恐怖小説かバイオ・ホラーものの映画のようです。演習のためか行軍している兵士がバタバタと倒れていく。感染症に限らず病気には安静が不可欠なのに、兵士にはそれが許されない。しかも軍隊はまさに「三つの密」そのもののような環境で、いうならばウイルス培養装置のようなもの。

そもそもスペイン風邪はアメリカ軍のカンザス州ファンストン基地で最初の患者が確認され、兵営から一般市民へと感染が広がっていきました。重篤な症状なのに、路傍に横たわるしかない兵士の姿は、重症者用の病床が足りず、受け入れてくれる病院が見つからないまま死んでいく新型コロナウイルス感染症の患者のそれとダブります。

スペイン風邪が世界を襲ったころ、志賀直哉は千葉県の我孫子に住んでいました。民芸運動の思想家、柳宗悦の勧めでした。我孫子ではバーナード・リーチも窯を開きます。「城の崎にて」や「和解」、「小僧の神様」、「暗夜行路」の前編など、志賀の代表作の多くがこの我孫子時代に創作されました(『暗夜行路』の後編は奈良に住んでいる時に発表されます。志賀は引っ越し魔だったのです)。

しかし、志賀の生活は必ずしも幸せなことばかりではありませんでした。我孫子に住んだ翌年の一六年と一九年、長女と長男をまだ幼いうちに亡くしています。「流行感冒」の冒頭〈最初の児が死んだので、私達には妙に臆病が浸込んだ〉〈一寸病気をされても私は直ぐ死にはしまいかという不安に襲われた〉とあるのは、そうした事情を反映しているでしょう。

だから主人公は幼い左枝子も流行感冒に感染してしまうのではないかと不安でたまらない。〈どうかして自家に入れないようにしたいと考え〉妻や子には人の多いところに行かせないようにし、「女中」たちにも〈喧しくいった〉。

ところが「女中」のひとり、石がこっそり芝居を見に行ってしまう。そのため怒った「私」は石に暇を出そうとします。

主人公が焦燥をつのらせるのは、感染症に対する警戒感が東京と我孫子ではずいぶんと違うからです。現代の我孫子はほとんど東京と変わるところがありませんが、一〇〇年前の我孫子は農村でした。「女中」達も流行感冒におびえてはいるのですが、それは〈衛生思想からではなしに、我々の騒ぎ方に釣り込まれて、恐ろしがっている風だった〉と「私」はみています。

これも新型コロナウイルス感染症が拡大するなか、あちこちで見られたこと。「あんなものはただの風邪だ。夏になったら消える」という人もいれば、冷静さを失ってパニックになっている人もいる。

情報量とリテラシーによって社会がさまざまに分断されたわけですが、その背景には経済状況や年齢などさまざまな事情があり、一〇〇年前の、都市と農村、教育の有無などわかりやすい要因だけではなくなりました。

しかし、石をクビにしていいのか。「私」は悩み、逡巡します。この葛藤が小説の読みどころです。

途上

谷崎潤一郎

谷崎潤一郎（たにざき・じゅんいちろう）

一八八六年東京都中央区生まれ。東京帝国大学を中退するも、在学中に和辻哲郎らと第二次『新思潮』を創刊、「刺青」が永井荷風に絶賛されて文壇デビュー。関東大震災後は関西に移住し、『痴人の愛』『卍』など耽美的傾向を深めた後、『細雪』『源氏物語』現代語訳によって自身の美意識を極める。一九六五年逝去。

一九二〇年一月『改造』二巻一号掲載

東京T・M株式会社員法学士湯河《ゆがわ》勝太郎が、十二月も押し詰まった或《あ》る日の夕暮の五時頃に、金杉橋の電車通りを新橋の方へぶら〳〵散歩して居る時であった。

「もし、もし、失礼ですがあなたは湯河さんじゃございませんか。」

ちょうど彼が橋を半分以上渡った時分に、こう云《い》って後ろから声をかけた者があった。湯河は振り返った、――すると其処《そこ》に、彼には嘗《かつ》て面識のない、しかし風采の立派な一人の紳士が慇懃《いんぎん》に山高帽を取って礼をしながら、彼の前へ進んで来たのである。

「そうです、私《わたくし》は湯河ですが、……」

湯河はちょっと、その持ち前の好人物らしい狼狽《うろた》え方で小さな眼をパチパチやらせた。そうしてさながら彼の会社の重役に対する時の如《ごと》くおど〳〵した態度で云った。なぜなら、その紳士は全く会社の重役に似た堂々たる人柄だったので、彼は一と目見た瞬間に、「往来で物を云いかける無礼な奴《やつ》」と云う感情を忽《たちま》ち何処《どこ》へか引込めてしまって、我知らず月給取りの根性をサラケ出したのである。紳士は猟虎《らっこ》の襟の附《つ》いた、西班牙《スペイン》犬の毛のように房々した黒い玉羅紗《たまらしゃ》の外套《がいとう》を纏《まと》って、（外套の下には大方モーニングを着て居るのだろうと推定される）縞《しま》のズボンを穿《は》いて、象牙のノッブのあるステッキを衝《つ》いた、色の白い、四十恰好《かっこう》の太った男だった。

「いや、突然こんな所でお呼び止めして失礼だとは存じましたが、わたくしは実は斯《こ》う云う者で、あなたの友人の渡辺法学士――あの方の紹介状を戴《いただ》いて、たった今会社の方へお尋ねしたところでした。」

紳士は斯う云って二枚の名刺を渡した。湯河はそれを受け取って街燈《がいとう》の明りの下へ出して見た。一枚の方は紛《まぎ》れもなく彼の親友渡辺の名刺である。名刺の上には渡辺の手でこんな文句が認《したた》めてある、――「友人安藤一郎氏を御紹介する右は小生の同県人にて小生とは年来親しくして居る人なり君の会社に勤めつゝある某社員の身元に就いて調べたい事項があるそうだから御面会の上宜敷《よろしく》御取計いを乞う」――もう一枚の名刺を見ると、「私立探偵安藤一郎　事務所　日本橋区蠣殻《かきがら》町三丁目四番地　電話浪花五〇一〇番」と記してある。

「ではあなたは、安藤さんと仰っしゃるので、――」

湯河は其処に立って、改めて紳士の様子をじろ〳〵眺めた。「私立探偵」――日本には珍しい此《こ》の職業が、東京にも五六軒出来たことは知って居たけれど、実際に会うのは今日が始めてゞある。それにしても日本の私立探偵は西洋のよりも風采が立派なようだ、と、彼は思った。湯河は活動写真が好きだったので、西洋のそれにはたび〳〵フィルムでお目に懸って居たから。

「そうです、わたくしが安藤です。で、その名刺に書いてありますような要件に就いて、幸いあなたが会社の人事課の方に勤めておいでの事を伺ったものですから、それで只今《ただいま》会社へお尋ねして御面会を願った訳なのです。いかゞでしょう、御多忙のところを甚だ恐縮ですが、少しお暇を割いて下さる訳には参りますまいか。」

紳士は、彼の職業にふさわしい、力のある、メタリックな声でテキパキと語った。

「なに、もう暇なんですから僕の方はいつでも差支えはありません、……」

と、湯河は探偵と聞いてから「わたくし」を「僕」に取り換えて話した。

「僕で分ることなら、御希望に従って何なりとお答えしましょう。しかし其《そ》の御用件は非常にお急ぎの事でしょうか、若《も》しお急ぎでなかったら明日では如何でしょうか? 今日でも差支えはない訳ですが、斯うして往来で話をするのも変ですから、――」

「いや、御尤《ごもっと》もですが明日からは会社の方もお休みでしょうし、わざ〱お宅へお伺いするほどの要件でもないのですから、御迷惑でも少し此の辺を散歩しながら話して戴きましょう。それにあなたは、いつも斯うやって散歩なさるのがお好きじゃありませんか。はゝゝ。」

と云って、紳士は軽く笑った。それは政治家気取りの男などがよく使う豪快な笑い方だった。

湯河は明かに困った顔つきをした。と云うのは、彼のポッケットには今しがた会社から貰《もら》って来た月給と年末賞与とが忍ばせてあった。その金は彼としては少からぬ額だったので、彼は私《ひそ》かに今夜の自分自身を幸福に感じて居た。此れから銀座へでも行って、此の間からせびられて居た妻の手套《てぶくろ》と肩掛とを買って、――あのハイカラな彼女の顔に似合うようなどっしりした毛皮の奴を買って、――そうして早く家《うち》へ帰って彼女を喜ばせてやろう、――そんなことを思いながら歩いて居る矢先だったのである。彼は此の安藤と云う見ず知らずの人間の為《た》めに、突然楽しい空想を破られたばかりでなく、今夜の折角の幸福にひゞを入れられたような気がした。それはいゝとしても、人が散歩好きのことを知って居て、会社から追っ駈《か》けて来るなんて、何ぼ探偵でも厭《いや》な奴だ、どうして此の男は己の顔を知って居たんだろう、そう考えると不愉快だった。おまけに彼は腹も減って居た。

「どうでしょう、お手間は取らせない積りですが少し附き合って戴けますまいか。私の方は、或る個人の身元に就いて立ち入ったことをお伺いしたいのですから、却《かえっ》て会社でお目に懸るよりも往来の方が都合がいゝのです。」

「そうですか、じゃ兎《と》に角《かく》御一緒に其処まで行きましょう。」

湯河は仕方なしに紳士と並んで又新橋の方へ歩き出した。紳士の云うところにも理窟はあるし、それに、明日になって探偵の名刺を持って家へ尋ねて来られるのも迷惑だと云う事に、気が付いたからである。

歩き出すと直《す》ぐに、紳士――探偵はポッケットから葉巻を出して吸い始めた。が、ものゝ一町も行く間、彼はそうして葉巻を吸って居るばかりだった。湯河が馬鹿にされたような気持でイライラして来たことは云うまでもない。

「で、その御用件と云うのを伺いましょう。僕の方の社員の身元と仰っしゃると誰の事でしょうか。僕で分ることなら何でもお答えする積りですが、――」

「無論あなたならお分りになるだろうと思います。」

紳士はまた二三分黙って葉巻を吸った。

「多分何でしょうな、其の男が結婚するとでも云うので身元をお調べになるのでしょうな。」

「えゝ、そうなんです、御推察の通りです。」

「僕は人事課に居るので、よくそんなのがやって来ますよ。一体誰ですか其の男は？」

湯河はせめて其の事に興味を感じようとするらしく好奇心を誘いながら云った。

「さあ、誰と云って、――そう仰っしゃられるとちょっと申しにくい訳ですが、その人と云うのは実はあなたですよ。あなたの身元調べを頼まれて居るんですよ。こんな事は人から間接に聞くよりも、直接あなたに打《ぶ》つかった方が早いと思ったもんですから、それでお尋ねするのですがね。」

「僕はしかし、――あなたは御存知ないかも知れませんが、もう結婚した男ですよ。

何かお間違いじゃないでしょうか。」

「いや、間違いじゃありません。あなたに奥様がおあんなさることは私も知って居ます。けれどもあなたは、まだ法律上結婚の手続きを済ましてはいらっしゃらないでしょう。そうして近いうちに、出来るなら一日も早く、その手続きを済ましたいと考えていらっしゃることも事実でしょう。」

「あゝそうですか、分りました。するとあなたは僕の家内の実家の方から、身元調べを頼まれた訳なんですね。」

「誰に頼まれたかと云う事は、私の職責上申し上げにくいのです。あなたにも大凡《おおよ》そお心当りがおありでしょうから、どうか其の点は見逃して戴きとうございます。」

「えゝよござんすとも、そんな事はちっとも構いません。僕自身の事なら何でも僕に聞いて下さい。間接に調べられるよりは其の方が僕も気持がよござんすから。――僕はあなたが、そう云う方法を取って下すった事を感謝します。」

「は、、感謝して戴いては痛み入りますな。――僕はいつでも（と、紳士も「僕」を使い出しながら）結婚の身元調べなんぞには此の方法を取って居るんです。相手が相当の人格のあり地位のある場合には、実際直接に打つかった方が間違いがないんです。それにどうしても本人に聞かなけりゃ分らない問題もありますからな。」

「そうですよ、そうですとも！」

と、湯河は嬉《うれ》しそうに賛成した。彼はいつの間にか機嫌を直して居たのである。

「のみならず、僕はあなたの結婚問題には少からず同情を寄せて居《お》ります。」

紳士は、湯河の嬉しそうな顔をチラと見て、笑いながら言葉を続けた。

「あなたの方へ奥様の籍をお入れなさるのには、奥様と奥様の御実家とが一日も早く和解なさらなけりゃいけませんな。でなければ奥様が二十五歳におなりになるまで、もう三四年待たなけりゃなりません。しかし、和解なさるには奥様よりも実はあなたを先方へ理解させることが必要なのです。それが何よりも肝心なのです。で、僕も出来るだけ御尽力はしますが、あなたもまあ其の為めと思って、僕の質問に腹蔵なく答えて戴きましょう。」

「え、そりゃよく分って居ます。ですから何卒《なにとぞ》御遠慮なく、――」

「そこでと、――あなたは渡辺君と同期に御在学だったそうですから、大学をお出になったのはたしか大正二年になりますな？――先《ま》ず此の事からお尋ねしましょう。」

「そうです、大正二年の卒業です。そうして卒業すると直ぐに今のT・M会社へ這入《はい》ったのです。」

「左様、卒業なさると直ぐ、今のT・M会社へお這入りになった。――それは承知して居ますが、あなたがあの先《せん》の奥様と御結婚なすったのは、あれはいつでしたかな。あれは何でも、会社へお這入りになると同時だったように思いますが――」

「え、そうですよ、会社へ這入ったのが九月でしてね、明くる月の十月に結婚しました。」

「大正二年の十月と、――」(そう云いながら紳士は右の手を指折り数えて、)「すると、ちょうど満五年半ばかり御同棲《ごどうせい》なすった訳ですね。先の奥様がチブスでお亡くなりになったのは、大正八年の四月だった筈《はず》ですから。」

「え、」

と云ったが、湯河は不思議な気がした。「此の男は己を間接には調べないと云って置きながら、いろ〳〵の事を調べている。」――で、彼は再び不愉快な顔つきになった。

「あなたは先の奥さんを大そう愛していらしったそうですね。」

「え、愛して居ました。――しかし、それだからと云って今度の妻を同じ程度に愛しないと云う訳じゃありません。亡くなった当座は勿論《もちろん》未練もありましたけれど、その未練は幸いにして癒やし難いものではなかったのです。今度の妻がそれを癒やしてくれたのです。だから僕は其の点から云っても、是非とも久満子《くまこ》と、――久満子と云うのは今の妻の名前です。お断りするまでもなくあなたは疾《と》うに御承知のこと、思いますが、――正式に結婚しなければならない義務を感じて居ります。」

「イヤ御尤もで、」

と、紳士は彼の熱心な口調を軽く受け流しながら、

「僕は先の奥さんのお名前も知って居ります、筆子さんと仰っしゃるのでしょう。――それからまた、筆子さんが大変病身なお方で、チブスでお亡くなりになる前にも、たび〳〵お患《わずら》いなすった事を承知して居ります。」

「驚きましたな、どうも。さすが御職掌柄で何もかも御存知ですな。そんなに知っていらっしゃるならもうお調べになるところはなさそうですよ。」

「あはゝゝ、そう仰っしゃられると恐縮です。何分此れで飯を食って居るんですから、まあそんなにイジメないで下さい。――で、あの筆子さんの御病身の事に就いてゞすが、あの方はチブスをおやりになる前に一度パラチブスをおやりになりましたね、……斯うッと、それはたしか大正六年の秋、十月頃でした。可《か》なり重いパラチブスで、なか〳〵熱が下らなかったので、あなたが非常に御心配なすったと云う事を聞いて居ります。それから其の明くる年、大正七年になって、正月に風を引いて五六日寝ていらしったことがあるでしょう。」

「あゝ、そう〳〵、そんなこともありましたっけ。」

「その次には又、七月に一度と、八月に二度と、夏のうちは誰にでも有りがちな腹下しをなさいましたな。此の三度の腹下しのうちで、二度は極く軽微なものでしたからお休みになるほどではなかったようですが、一度は少し重くって一日二日伏せっていらしった。すると、今度は秋になって例の流行性感冒がはやり出して来て、筆子さんはそれに二度もお罹《かか》りになった。即《すなわ》ち十月に一遍軽いのをやって、二度目は明くる年の大正八年の正月のことでしたろう。その時は肺炎を併発して危篤な御容態だったと聞いて居ります。その肺炎がやっとの事で全快すると、二た月も立たないうちにチブスでお亡くなりになったのです。――そうでしょうな？　僕の云うことに多分間違いはありますまいな？」

「えゝ」

と云ったきり湯河は下を向いて何か知ら考え始めた、――二人はもう新橋を渡って歳晩の銀座通りを歩いて居たのである。

「全く先の奥さんはお気の毒でした。亡くなられる前後半年ばかりと云うものは、死ぬような大患いを二度もなすったばかりでなく、其の間に又胆《きも》を冷やすような危険な目にもチョイ〳〵お会いでしたからな。――あの、窒息事件があったのはいつ頃でしたろうか？」

　そう云っても湯河が黙って居るので、紳士は独りで頷《うなず》きながらしゃべり続けた。

「あれは斯うッと、奥さんの肺炎がすっかりよくなって、二三日うちに床上げをなさろうと云う時分、――病室の瓦斯《ガス》ストーブから間違いが起ったのだから何でも寒い時分ですな、二月の末のことでしたろうかな、瓦斯の栓が弛《ゆる》んで居たので、夜中に奥さんがもう少しで窒息なさろうとしたのは。しかし好い塩梅《あんばい》に大事に至らなかったものゝ、あの為めに奥さんの床上げが二三日延びたことは事実ですな。――そうです、そうです、それからまだこんな事もあったじゃありませんか、奥さんが乗合自動車で新橋から須田町へおいでになる途中で、その自動車が電車と衝突して、すんでの事で……」

「ちょっと、ちょっとお待ち下さい。僕は先《さっき》からあなたの探偵眼には少からず敬服して居ますが、一体何の必要があって、いかなる方法でそんな事をお調べになったのでしょう。」

「いや、別に必要があった訳じゃないんですがね、僕はどうも探偵癖があり過ぎるもんだから、つい余計な事まで調べ上げて人を驚かして見たくなるんですよ。自分でも悪い癖だと思って居ますが、なか〳〵止められないんです。今直きに本題へ這入りますから、まあもう少し辛抱して聞いて下さい。――で、あの時奥さんは、自動車の窓が壊れたので、ガラスの破片で額へ怪我《けが》をなさいましたね。」

「そうです。しかし筆子は割りに呑気《のんき》な女でしたから、そんなにビックリしても居ませんでしたよ。それに、怪我と云ってもほんの擦《かす》り傷でしたから。」

「ですが、あの衝突事件に就いては、僕が思うのにあなたも多少責任がある訳です。」

「なぜ？」

「なぜと云って、奥さんが乗合自動車へお乗りになったのは、あなたが電車へ乗るな、乗合自動車で行けとお云いつけになったからでしょう。」

「そりゃ云いつけました——かも知れません。僕はそんな細々した事までハッキリ覚えては居ませんが、成る程そう云いつけたようにも思います。そう、そう、たしかにそう云ったでしょう。それは斯う云う訳だったんです、何しろ筆子は二度も流行性感冒をやった後でしたろう、そうして其の時分、人ごみの電車に乗るのは最も感冒に感染し易《やす》いと云う事が、新聞なぞに出て居る時分でしたろう、だから僕の考では、電車より乗合自動車の方が危険が少いと思ったんです。それで決して電車へは乗るなと、固く云いつけた訳なんです、まさか筆子の乗った自動車が、運悪く衝突しようとは思いませんからね。僕に責任なんかある筈はありませんよ。筆子だってそんな事は思いもしなかったし、僕の忠告を感謝して居るくらいでした。」

「勿論筆子さんは常にあなたの親切を感謝しておいでゞした、亡くなられる最後まで感謝しておいでゞした。けれども僕は、あの自動車事件だけはあなたに責任があると思いますね。そりゃあなたは奥さんの御病気の為めを考えてそうしろと仰っしゃったでしょう。それはきっとそうに違いありません。にも拘《かかわ》らず、僕はやはりあなたに責任があると思いますね。」

「なぜ?」

「お分りにならなければ説明しましょう、——あなたは今、まさかあの自動車が衝突しようとは思わなかったと仰っしゃったようです。しかし奥様が自動車へお乗りになったのはあの日一日だけではありませんな。あの時分、奥さんは大患いをなすった後で、まだ医者に見て貰う必要があって、一日置きに芝口のお宅から万世橋の病院まで通っていらしった。それも一と月くらい通わなければならない事は最初から分って居た。そうして其の間はいつも乗合自動車へお乗りになった。衝突事故があったのはつまり其の期間の出来事です。よござんすかね。ところでもう一つ注意すべきことは、あの時分はちょうど乗合自動車が始まり立てゞ、衝突事故が屢〻《しばしば》あったのです。衝突しやしないかと云う心配は、少し神経質の人には可なりあったのです。――ちょっとお断り申して置きますが、あなたは神経質の人です、――そのあなたがあなたの最愛の奥さんを、あれほどたび〳〵あの自動車へお乗せになると云う事は少くとも、あなたに似合わない不注意じゃないでしょうか。一日置きに一と月の間あれで往復するとなれば、その人は三十回衝突の危険に曝《さら》されることになります。」

「あはゝゝゝゝ其処へ気が付かれるとはあなたも僕に劣らない神経質ですな。成る程、そう仰っしゃられると、僕はあの時分のことをだん〳〵思い出して来ましたが、僕もあの時満更それに気が付かなくはなかったのです。けれども僕は斯う考えたのです。自動車に於《お》ける衝突の危険と、電車に於ける感冒伝染の危険と、孰方《どっち》がプロバビリティーが多いか。それから又、仮りに危険のプロバビリティーが両方同じだとして、孰方が余計生命に危険であるか。此の問題を考えて見て、結局乗合自動車の方がより安全だと思ったのです。なぜかと云うと、今あなたの仰っしゃった通り月に三十回往復するとして、若し電車に乗れば其の三十台の電車の孰れにも、必ず感冒の黴菌《ばいきん》が居ると思わなければなりません。あの時分は流行の絶頂期でしたからそう見るのが至当だったのです。既に黴菌が居るとなれば、其処で感染するのは偶然ではありません。然《しか》るに自動車の事故の方は此れは全く偶然の禍《わざわい》です。無論どの自動車にも衝突のポシビリティーはありますが、しかし始めから禍因《かいん》が歴然と存在して居る場合とは違いますからな。次には斯う云う事も私には云われます。筆子は二度も流行性感冒に罹って居ます、此れは彼女が普通の人よりもそれに罹り易い体質を持って居る証拠です。だから電車へ乗れば、彼女は多勢の乗客の内でも危険を受ける可《べ》く択《えら》ばれた一人とならなければなりません。自動車の場合には乗客の感ずる危険は平等です。のみならず僕は危険の程度に就いても斯う考えました、彼女が若し、三度目に流行性感冒に罹ったとしたら、必ず又肺炎を起すに違いないし、そうなると今度こそ助からないだろう。一度肺炎をやったものは再び肺炎に罹り易いと云う事を聞いても居ましたし、おまけに彼女は病後の衰弱から十分恢復《かいふく》し切らずに居た時ですから、僕の此の心配は杞憂《きゆう》ではなかったのです。ところが衝突の方は、衝突したから死ぬと極《き》まってやしませんからな。よく〳〵不運な場合でなけりゃ大怪我をすると云う事もないし、大怪我がもとで命を取られるような事はめったにありゃしませんからな。そうして僕の此の考はやはり間違っては居なかったのです。御覧なさい、筆子は往復三十回の間に一度衝突に会いましたけれど、僅《わず》かに擦り傷だけで済んだじゃありませんか。」

「成る程、あなたの仰っしゃることは唯《ただ》それだけ伺って居れば理窟が通って居ます。何処にも切り込む隙がないように聞えます。が、あなたが只今仰っしゃらなかった部分のうちに、実は見逃してはならないことがあるのです。と云うのは、今のその電車と自動車との危険の可能率の問題ですな、自動車の方が電車よりも危険の率が少い、また危険があっても其の程度が軽い、そうして乗客が平等にその危険性を負担する、此れがあなたの御意見だったようですが、少くともあなたの奥様の場合には、自動車に乗っても電車と同じく危険に対して択ばれた一人であったと、僕は思うのです。決して外の乗客と平等に危険に曝されては居なかった筈です。つまり、自動車が衝突した場合に、あなたの奥様は誰よりも先に、且恐らくは誰よりも重い負傷を受けるべき運命の下に置かれていらしった。此の事をあなたは見逃してはなりません。」

「どうしてそう云う事になるでしょう？　僕には分りかねますがね。」

「は、あ、お分りにならない？　どうも不思議ですな。――しかしあなたは、あの時分筆子さんに斯う云う事を仰っしゃいましたな、乗合自動車へ乗る時はいつも成《な》る可《べ》く一番前の方へ乗れ、それが最も安全な方法だと――」

「そうです、その安全と云う意味は斯うだったのです、――」

「いや、お待ちなさい、あなたの安全と云う意味は斯うだったでしょう、——自動車の中にだって矢張いくらか感冒の黴菌が居る。で、それを吸わないようにするには、成るべく風上《かざかみ》の方に居るがいゝと云う理窟でしょう。すると乗合自動車だって、電車ほど人がこんでは居ないにしても、感冒伝染の危険が絶無ではない訳ですな。あなたは先《さっ》きの事実を忘れておいでのようでしたな。それからあなたは今の理窟に附け加えて、乗合自動車は前の方へ乗る方が震動が少い、奥さんはまだ病後の疲労が脱け切らないのだから、成るべく体を震動させない方がいゝ、。——此の二つの理由を以《もっ》て、あなたは奥さんに前へ乗ることをお勧めなすったのです。勧めたと云うよりは寧《むし》ろ厳しくお云いつけになったのです。奥さんはあんな正直な方で、あなたの親切を無にしては悪いと考えていらしったから、出来るだけ命令通りになさろうと心がけておいでゞした。そこで、あなたのお言葉は着々と実行されて居ました。」

「…………」

「よござんすかね、あなたは乗合自動車の場合に於ける感冒伝染の危険と云うものを、最初は勘定に入れていらっしゃらなかった。いらっしゃらなかったにも拘らず、それを口実にして前の方へお乗せになった、——こゝに一つの矛盾があります。そうしてもう一つの矛盾は、最初勘定に入れて置いた衝突の危険の方は、その時になって全く閑却されてしまったことです。乗合自動車の一番前の方へ乗る、——衝突の場合を考えたら、此のくらい危険なことはないでしょう、其処に席を占めた人は、その危険に対して結局択ばれた一人になる訳です。だから御覧なさい、あの時怪我をしたのは奥様だけだったじゃありませんか、あんな、ほんのちょっとした衝突でも、外のお客は無事だったのに奥様だけは擦り傷をなすった。あれがもっとひどい衝突だったら、外のお客が擦り傷をして奥様だけが重傷を負います。更にひどかった場合には、外のお客が重傷を負って奥様だけが命を取られます。——衝突と云う事は、仰っしゃる迄《まで》もなく偶然に違いありません。しかし其の偶然が起った場合に、怪我をすると云う事は、奥様の場合には偶然でなく必然です。」

二人は京橋を渡った、が、紳士も湯河も、自分たちが今何処を歩いて居るかをまるで忘れてしまったかのように、一人は熱心に語りつゝ一人は黙って耳を傾けつゝ真直ぐに歩いて行った。——

「ですからあなたは、或る一定の偶然の危険の中へ奥様を置き、そうして其の偶然の範囲内での必然の危険の中へ、更に奥様を追い込んだと云う結果になります。此れは単純な偶然の危険とは意味が違います。そうなると果して電車より安全かどうか分らなくなります。第一、あの時分の奥様は二度目の流行性感冒から直ったばかりの時だったのですす、従って其の病気に対する免疫性を持って居られたと考えるのが至当ではないでしょうか。僕に云わせれば、あの時の奥様には絶対に伝染の危険はなかったのでした。択ばれた一人であっても、それは安全な方へ択ばれて居たのでした。一度肺炎に罹ったものがもう一度罹り易いと云う事は、或る期間を置いての話です。」

「しかしですね、その免疫性と云う事も僕は知らないじゃなかったんですが、何しろ十月に一度罹って又正月にやったんでしょう。すると免疫性もあまりアテにならないと思ったもんですから、……」

「十月と正月との間には二た月の期間があります。ところがあの時の奥様はまだ完全に直り切らないで咳をしていらしったのです。人から移されるよりは人に移す方の側だったのです。」

「それからですね、今お話の衝突の危険と云うこともですね、既に衝突その物が非常に偶然な場合なんですから、その範囲内での必然と云って見たところが、極く〳〵稀《まれ》な事じゃないでしょうか。偶然の中の必然と単純な必然とは矢張意味が違いますよ。況《いわ》んや其の必然なるものが、必然怪我をすると云うだけの事で、必然命を取られると云う事にはならないのですからね。」

「けれども、偶然ひどい衝突があった場合には必然命を取られると云う事は云えましょうな。」

「え、云えるでしょう、ですがそんな論理的遊戯をやったって詰まらないじゃありませんか。」

「あは、ヽ、論理的遊戯ですか、僕は此れが好きだもんですから、ウッカリ図に乗って深入りをし過ぎたんです、イヤ失礼しました。もう直き本題に這入りますよ。――で、這入る前に、今の論理的遊戯の方を片附けてしまいましょう。あなたゞって、僕をお笑いなさるけれど実はなか〳〵論理がお好きのようでもあるし、此の方面では或は僕の先輩かも知れないくらいだから、満更興味のない事ではなかろうと思うんです。そこで、今の偶然と必然の研究ですな、あれを或る一個の人間の心理と結び付ける時に、茲《ここ》に新たなる問題が生じる、論理が最早《もは》や単純な論理でなくなって来ると云う事に、あなたはお気付きにならないでしょうか。」

「さあ、大分むずかしくなって来ましたな。」

「なにむずかしくも何ともありません。或る人間の心理と云ったのはつまり犯罪心理を云うのです。或る人が或る人を間接な方法で誰にも知らせずに殺そうとする。――殺すと云う言葉が穏当でないなら、死に至らしめようとして居る。そうして其の為めに、その人を成るべく多くの危険へ露出させる。その場合に、その人は自分の意図を悟らせない為めにも、又相手の人を其処へ知らず識《し》らず導く為めにも、偶然の危険を択ぶより外仕方がありません。しかし其の偶然の中に、ちょいとは目に付かない或る必然が含まれて居るとすれば、猶更《なおさら》お誂《あつら》え向きだと云う訳です。で、あなたが奥さんを乗合自動車へお乗せになった事は、たま〳〵其の場合と外形に於いて一致しては居ないでしょうか？　僕は『外形に於いて』と云います、どうか感情を害しないで下さい。無論あなたにそんな意図があったとは云いませんが、あなたにしてもそう云う人間の心理はお分りになるでしょうな。」

「あなたは御職掌柄妙なことをお考えになりますね。外形に於いて一致して居るかどうか、あなたの御判断にお任せするより仕方がありませんが、しかしたった一と月の間、三十回自動車で往復させたゞけで、その間に人の命が奪えると思って居る人間があったら、それは馬鹿か気違いでしょう。そんな頼《たよ》りにならない偶然を頼りにする奴もないでしょう。」

「そうです、たった三十回自動車へ乗せたゞけなら、其の偶然が命中する機会は少いと云えます。けれどもいろ〳〵な方面からいろ〳〵な危険を捜し出して来て、其の人の上へ偶然を幾つも〳〵積み重ねる、――そうするとつまり、命中率が幾層倍にも殖えて来る訳です。無数の偶然的危険が寄り集って一個の焦点を作って居る中へ、その人を引き入れるようにする。そうなった場合には、もう其の人の蒙《こうむ》る危険は偶然でなく、必然になって来るのです。」

「――と仰っしゃると、たとえばどう云う風にするのでしょう？」

「たとえばですね、こゝに一人の男があって其の妻を殺そう、――死に至らしめようと考えて居る。然るに其の妻は生れつき心臓が弱い。――此の心臓が弱いと云う事実の中には、既に偶然的危険の種子が含まれて居ます。で、その危険を増大させる為めに、ます〳〵心臓を悪くするような条件を彼女に与える。たとえば其の男は妻に飲酒の習慣を附けさせようと思って、酒を飲むことをす丶めました。最初は葡萄酒を寝しなに一杯づ丶飲むことをす丶める、その一杯をだん〳〵に殖やして食後には必ず飲むようにさせる、斯うして次第にアルコールの味を覚えさせました。しかし彼女はもと〳〵酒を嗜《たしな》む傾向のない女だったので、夫が望むほどの酒飲みにはなれませんでした。そこで夫は、第二の手段として煙草をす丶めました。『女だって其のくらいな楽しみがなけりゃ仕様がない』そう云って、舶来のい丶香《にお》いのする煙草を買って来ては彼女に吸わせました。ところが此の計画は立派に成功して、一と月ほどのうちに、彼女はほんとうの喫煙家になってしまったのです。もう止《よ》そうと思っても止せなくなってしまったのです。次に夫は、心臓の弱い者には冷水浴が有害である事を聞き込んで来て、それを彼女にやらせました。『お前は風を引き易い体質だから、毎朝怠らず冷水浴をやるがい丶』と、其の男は親切らしく妻に云ったのです。心の底から夫を信頼して居る妻は直ちに其の通り実行しました。そうして、それらの為めに自分の心臓がいよ〳〵悪くなるのを知らずに居ました。ですがそれだけでは夫の計画が十分に遂行されたとは云えません。彼女の心臓をそんなに悪くして置いてから、今度は其の心臓に打撃を与えるのです。つまり、成るべく高い熱の続くような病気、――チブスとか肺炎とかに罹り易いような状態へ、彼女を置くのですな。其の男が最初に択んだのはチブスでした。彼は其の目的で、チブス菌の居そうなものを頻《しき》りに細君に喰《た》べさせました。『亜米利加《アメリカ》人は食事の時に生水を飲む、水をベスト・ドリンクだと云って賞美する』など、称して、細君に生水を飲ませる。刺身を喰わせる。それから、生の牡蠣《かき》と心太《ところてん》にはチブス菌が多い事を知って、それを喰わせる。勿論細君にすゝめる為めには夫自身もそうしなければなりませんでしたが、夫は以前にチブスをやったことがあるので、免疫性になって居たんです。夫の此の計画は、彼の希望通りの結果を齎《もたら》しはしませんでしたが、殆《ほとん》ど七分通りは成功しかゝったのです。と云うのは、細君はチブスにはなりませんでしたけれども、パラチブスにかゝりました。そうして一週間も高い熱に苦しめられました。が、パラチブスの死亡は一割内外に過ぎませんから、幸か不幸か心臓の弱い細君は助かりました。夫はその七分通りの成功に勢いを得て、其の後も相変らず生物《なまもの》を喰べさせることを怠らずに居たので、細君は夏になると屢〻下痢を起しました。夫は其の度毎《ごと》にハラハラしながら成り行きを見て居ましたけれど、生憎《あいにく》にも彼の注文するチブスには容易に罹らなかったのです。するとやがて、夫の為めには願ってもない機会が到来したのです。それは一昨年の秋から翌年の冬へかけての悪性感冒の流行でした。夫は此の時期に於いてどうしても彼女を感冒に取り憑《つ》かせようとたくらんだのです。十月早々、彼女は果してそれに罹りました、——なぜ罹ったかと云うと、彼女は其の時分、咽喉を悪くして居たからです。夫は感冒予防の嗽《うが》いをしろと云って、わざと度の強い過酸化水素水を拵《こしら》えて、それで始終彼女に嗽いをさせて居ました。その為めに彼女は咽喉カタールを起して居たのです。のみならず、ちょうど其の時に親戚の伯母が感冒に罹ったので、夫は彼女を再三其処へ見舞いにやりました。彼女は五度び目に見舞いに行って、帰って来ると直ぐに熱を出したのです。しかし、幸いにして其の時も助かりました。そうして正月になって、今度は更に重いのに罹ってとう〳〵肺炎を起したのです。……」

こう云いながら、探偵はちょっと不思議な事をやった、――持って居た葉巻の灰をトントンと叩き落すような風に見せて、彼は湯河の手頸《てくび》の辺を二三度軽く小突いたのである、――何か無言の裡《うち》に注意をでも促すような工合《ぐあい》に。それから、恰《あたか》も二人は日本橋の橋手前まで来て居たのだが、探偵は村井銀行の先を右へ曲って、中央郵便局の方角へ歩き出した。無論湯河も彼に喰着いて行かなければならなかった。

「此の二度目の感冒にも、矢張夫の細工がありました。」

と、探偵は続けた。

「その時分に、細君の実家の子供が激烈な感冒に罹って神田のS病院へ入院することになりました。すると夫は頼まれもしないのに細君を其の子供の附添人にさせたのです。それは斯う云う理窟からでした、――『今度の風は移り易いからめったな者を附き添わせることは出来ない。私の家内《かない》は此の間感冒をやったばかりで免疫になって居るから、附添人には最も適当だ。』――そう云ったのです。細君も成る程と思って子供の看護をして居るうちに、再び感冒を背負い込んだのです。そうして細君の肺炎は可なり重態でした。幾度も危険のことがありました。今度こそ夫の計略は十二分に効を奏しかゝったのです。夫は彼女の枕許《まくらもと》で彼女が夫の不注意から斯う云う大患になったことを誤《あやま》りましたが、細君は夫を恨もうともせず、何処までも生前の愛情を感謝しつゝ、静かに死んで行きそうに見えました。けれども、もう少しと云うところで今度も細君は助かってしまったのです。夫の心になって見れば、九仞《きゅうじん》の功を一簣《いっき》に虧《か》いた、――とでも云うべきでしょう。そこで、夫は又工夫を凝らしました。これは病気ばかりではいけない、病気以外の災難にも遇《あ》わせなければいけない、――そう考えたので、彼は先ず細君の病室にある瓦斯《ガス》ストオブを利用しました。その時分細君は大分よくなって居たから、もう看護婦も附いては居ませんでしたが、まだ一週間ぐらいは夫と別の部屋に寝て居る必要があったのです。で、夫は或る時偶然にこう云う事を発見しました。――細君は、夜眠りに就く時は火の用心を慮《おもんぱか》って瓦斯ストオブを消して寝る事。瓦斯ストオブの栓は、病室から廊下へ出る閾際《しきいぎわ》にある事。細君は夜中に一度便所へ行く習慣があり、そうして其の時には必ず其の閾際を通る事。閾際を通る時に、細君は長い寝間着の裾をぞろ〳〵と引き擦って歩くので、その裾が五度に三度までは必ず瓦斯の栓に触《さわ》る事。若し瓦斯の栓がもう少し弱かったら、裾が触った場合に其れが弛むに違いない事。病室は日本間ではあったけれども、建具がシッカリして居て隙間から風が洩《も》らないようになっている事。――偶然にも、其処にはそれだけの危険の種子《たね》が準備されて居ました。茲に於いて夫は、その偶然を必然に導くにはほんの僅かの手数を加えればいゝと云う事に気が付きました。それは即ち瓦斯の栓をもっと緩くして置く事です。彼は或る日、細君が昼寝をして居る時にこっそりと其の栓へ油を差して其処を滑かにして置きました。彼の此の行動は、極めて秘密の裡に行われた筈だったのですが、不幸にして彼は自分が知らない間にそれを人に見られて居たのです。――見たのは其の時分彼の家に使われて居た女中でした。此の女中は、細君が嫁に来た時に細君の里から附いて来た者で、非常に細君思いの、気転の利く女だったのです。まあそんな事はどうでもよござんすがね、――」

探偵と湯河とは中央郵便局の前から兜《かぶと》橋を渡り、鎧《よろい》橋を渡った。二人はいつの間にか水天宮前の電車通りを歩いて居たのである。

「――で、今度も夫は七分通り成功して、残りの三分で失敗しました。細君は危く瓦斯の為めに窒息しかゝったのですが、大事に至らないうちに眼を覚まして、夜中に大騒ぎになったのです。どうして瓦斯が洩れたのか、原因は間もなく分りましたけれど、それは細君自身の不注意と云う事になったのです。其の次に夫が択んだのは乗合自動車です。此れは先《さつき》もお話したように、細君が医者へ通うのを利用したので、彼はあらゆる機会を利用する事を忘れませんでした。そこで自動車も亦《また》不成功に終った時に、更に新しい機会を摑《つか》みました。彼に其の機会を与えた者は医者だったのです。医者は細君の病後保養の為めに転地する事をすゝめたのです。何処か空気のいゝ処へ一と月ほど行って居るように、――そんな勧告があったので、夫は細君に斯う云いました、『お前は始終患ってばかり居るのだから、一と月や二た月転地するよりもいっそ家中《うちじゅう》でもっと空気のいゝ処へ引越すことにしよう。そうかと云って、あまり遠くへ越す訳にも行かないから、大森辺へ家《うち》を持ったらどうだろう。彼処なら海も近いし、己が会社へ通うのにも都合がいゝから。』此の意見に細君は直ぐ賛成しました。あなたは御存知かどうか知りませんが、大森は大そう飲み水の悪い土地だそうですな、そうして其のせいか伝染病が絶えないそうですな、――殊にチブスが。――つまり其の男は災難の方が駄目だったので再び病気を狙い始めたのです。で、大森へ越してからは一層猛烈に生水や生物を細君に与えました。相変らず冷水浴を励行させ喫煙をすゝめても居ました。それから、彼は庭を手入れして樹木を沢山に植え込み、池を掘って水溜《みずたま》りを拵え、又便所の位置が悪いと云って其れを西日の当るような方角に向き変えました。此れは家の中に蚊と蠅《はえ》とを発生させる手段だったのです。いやまだあります、彼の知人のうちにチブス患者が出来ると、彼は自分は免疫だからと称して屢〻其処へ見舞いに行き、たまには細君にも行かせました。こうして彼は気長に結果を待って居る筈でしたが、此の計略は思いの外早く、越してからやっと一と月も立たないうちに、且今度こそ十分に効を奏したのです。彼が或る友人のチブスを見舞いに行ってから間もなく、其処には又どんな陰険な手段が弄されたか知れませんが、細君は其の病気に罹りました。さうして遂《つい》に其の為めに死んだのです。――どうですか、此れはあなたの場合に、外形だけはそっくり当てはまりはしませんかね。」

「え丶、――そ、そりゃ外形だけは――」

「あは丶丶丶、そうです、今迄のところでは外形だけはです。あなたは先の奥さんを愛していらしった、兎も角外形だけは愛していらしった。しかし其れと同時に、あなたはもう二三年も前から先の奥様には内証で今の奥様を愛していらしった。外形以上に愛していらしった。すると、今迄の事実に此の事実が加って来ると、先の場合があなたに当てはまる程度は単に外形だけではなくなって来ますな。――」

二人は水天宮の電車通りから右へ曲った狭い横町を歩いて居た。横町の左側に「私立探偵」と書いた大きな看板を掲げた事務所風の家があった。ガラス戸の嵌《はま》った二階にも階下にも明りが煌々《こうこう》と燈《とも》って居た。其処の前まで来ると、探偵は「あは丶丶丶」と大声で笑い出した。

「あは丶丶丶、もういけませんよ。もうお隠しなすってもいけませんよ。あなたは先《さつき》から顫《ふる》えていらっしゃるじゃありませんか。先の奥様のお父様が今夜僕の家《うち》であなたを待って居るんです。まあそんなに怯《おび》えないでも大丈夫ですよ。ちょっと此処《ここ》へお這入んなさい。」

彼は突然湯河の手頸を摑んでぐいと肩でドーアを押しながら明るい家の中へ引き擦り込んだ。電燈に照らされた湯河の顔は真青だった。彼は喪心したようにぐら〳〵とよろめいて其処にある椅子の上に臀餅《しりもち》をついた。

●編者より

「途上」を書いた一九一九年、谷崎は東京から神奈川県小田原に転居します。前年には朝鮮や満洲にも旅行しています。

文壇に認められて十年足らず。彼の長いキャリアのなかでは、初めのころの時代です。「途上」はほとんどが探偵と男の会話だけで構成されるコントのような短編です。探偵は男の前妻の死に不審感を抱いている。男が偶然を装い、前妻をわざと危険な目に遭わせ、死ぬように仕組んだのではないかと探偵は考えているようです。

焦点のひとつが、感染症が広がっているさなかに外出させることの是非。電車と乗合自動車ではどちらが危険か。乗合自動車というのはバスのことです。日本でバスの運行が始まったのは一九〇三年ですから、まだ比較的新しい交通機関でした。電車よりもバスのほうがこんでいない。言い換えると、電車のほうがバスよりも流行性感冒に感染しやすい。だから男は妻にバスを使うよう勧めた。しかしバスは電車よりも事故が起きやすい。

男は妻を気づかうふりをしながら、電車よりも危険性の高いバスに妻を乗せた、それも一日おきに一か月のあいだ、都合三十回も。このように探偵は男に迫ります。

似たような議論が、新型コロナウイルス感染症についてもあちこちで繰り返されました。

マスクをするとどれだけ感染が避けられるのか（入ってくるウイルスはあまり防げないけど、唾についで出て行くウイルスはけっこう防げるらしい、とか）、酒場と通勤電車では、どちらのほうが感染の可能性が高いだろうか、とか。

もっとも、確率はあくまで確率でしかありません。たとえ「九九パーセント安全です」と言われても、自分は残り一パーセントのほうに入るかもしれない。入ってしまった人にとっては、それはもう一〇〇パーセントと同じです。

どんなに気をつけていても、感染する時はする。事故に遭う時は遭う。ぜんぜん気をつけていないのに、感染しない人もいる。また、感染しても無症状だったり、軽症ですんでしまう人もいる一方、重症化したり、やがて死にいたる人もいる。

病気とは不条理なものです。

神の如く弱し

菊池寛

菊池寛（きくち・かん）

一八八八年香川県高松市生まれ。「父帰る」「恩讐の彼方に」「藤十郎の恋」など。新現実派の中心作家として活躍、雑誌『文藝春秋』を創刊し、芥川賞・直木賞を創設。一九一九年五月、スペイン風邪から回復したばかりの久米正雄と会った翌日に芥川と長崎旅行に出発するも、頭痛を感じて罹患を疑い岡山、尾道、下関で一人途中下車、結果芥川から二日遅れで無事に長崎に着く。一九四八年逝去。

一九二〇年一月『中央公論』掲載

一

雄吉は、親友の河野が、二年越の恋愛事件以来――それは、失恋事件と云《い》ってもよい程、失恋の方が主になって居た――事々に気が弱くてダラシがなく、未練がじめ〳〵と何時迄《いつまで》も続いて居て、男らしい点の少しもないのがはがゆくて堪らなかった。河野の愛には報いないで、人もあろうに、河野には無二の親友であった高田に、心を移して行った令嬢や、又河野に対する軽い口約束を破ってまで、それを黙許した令嬢の母のS未亡人に対する河野の煮え切らない心持は、雄吉から考えれば腑甲斐《ふがい》なき限りであった。

雄吉が、若《も》し河野であったならば、斬ったり突いたりするような事は、自分の教養が許さないにしても、男らしい恨みを、もっと端的に現わせる筈《はず》だのにと思った。それだのに河野は、ぐた〳〵となってしまった許《ばかり》ではなく、令嬢の愛が自分にないと知ると、それだ自分の身を犠牲にして、恋の敵手《あいて》と云ってもよい高田と、自分の恋人とを、仲介しようとするような、自己犠牲的な行動に出ようとした。河野は、それを人道主義的な、高尚な、行動ででもあるように思って居た。雄吉は、そうした河野のやり方を、蔑《さげ》すんだ。自分が捨てられると、今度は直《す》ぐ、自分の恋人と、憎まねばならぬ筈の恋の敵手とを、仲介しようとする、それでは至醇《しじゆん》と思われて居た筈の河野の最初の恋までが、イカサマな贋物のように思われるのではないかと雄吉は思った。

而《しか》も、河野のそうした申出が、相手の高田から『大きなお世話だ。』と云うように情《すげ》なく断られると、今度は最後の逃げ道として、帰郷を計画しながら、而も国へ帰ったかと思うと、もう三日振りには、淋しくて堪らなくて、東京へ帰って来たのであった。

それに、自分独りで、グッと踏み堪《こた》える力がなくて、毎日のように友人を代りばんこに尋ねて、同じ愚痴を繰り返して、安価のお座なりの同情で、やっと淋しさをまぎらして居るような、河野の態度も、雄吉には堪らなくはがゆかった。

それも、細木だとか雄吉など云う極く親しい友人が、河野の愚痴を聴き飽いて、もう新鮮な同情を与えなくなると、今度は高等学校時代の旧友や、一寸《ちよつと》した顔馴染《かおなじみ》の人達を囚《とら》えて、河野は相変らず、同じ事を繰り返して居るようであった。

「若し、河野があの失恋をグッと踏み堪《こら》えて居て、田舎で半年も、じっと黙って居て呉《く》れゝば、我々はどれほど河野を尊敬したかも知れない。河野だって、何《ど》れほど男を上げたかも知れない。」と、雄吉は細木などに、よくそんな事を云って居た。

河野の失恋は、その腐ったような尾を、何時迄も、引いて居た。そして、その尾は何時の間にか、放恣《ほうし》な出鱈目《でたらめ》な、無検束な生活に変って居るのであった。彼の生活の何処《どこ》にも、手答えがなかった。性格から、凡《すべ》ての堅い骨を抜き取ってしまったように何事をするにも強い意志がないように見えた。そして、おしまいには、今迄の親友の群を放れて、何時の間にか、遊蕩生活をさえ始めて居た。そして、自分に対する友人たちの尊敬や信頼を、自分で塗り潰して居た。

その頃の雄吉は、細木や藤田などに逢《あ》うと、定まって河野に対する悪口を云って居た。細木などと、久し振に会って、三時間も四時間も、立てつゞけに喋《しゃべ》った後で、総勘定をして見ると、会話の三分の二までが、河野の過去や現在のだらしのない行為や生活に対する非難で持ち切って居た。失恋当時の弱々しい未練たっぷりの態度や、それにつゞいての妄動や、現在の彼の生活の頽廃して居ることを、掛合で喋べって居るのであった。それに気が付くと、雄吉は淋しかった。親しい友人の悪口を、蔭でさん〴〵に云い合う。その事自身が、可なりいやしい厭わしい事に違いなかった。が、会話の途中で、ついその事に気が付いて、

「あゝそう〳〵。又河野の悪口を云って居た。」

と、お互に制し合う場合には、きっとその後の話には、一時に沢山の禁句が出来たように、妙な窮屈さを感じた。そして、何時の間にか話が河野の悪口に、後戻りして居る

ほど、雄吉たちは、河野の生活に対する非難で、心が一杯につまって居た。

雄吉は思った。我々の親しい友達の間では、今迄蔭口などは、決して利いた事はなかったのに、河野に対してのみは、皆が平気で少しも良心の苛責《かしやく》を受けずに、いくらでも悪口を話し続け得るほど、河野は友達に対する威厳を無くしてしまったのだと。友人に対する威厳や、友人からの信頼を、無くしてしまう事、それは無くする当人から云っても無くされる友達から云っても、可なりの悲劇に違いないと思った。

殊に、雄吉は細木などから、

「何《ど》うだ。やっぱり、君が新聞小説なんかを、書かせるからいけないのだ。河野を貧乏にして置いたら今頃は困って居るにしても、健全に、清浄な生活を送って居るぜ。」などと云われる度にくすぐったいような不快を感じた。河野が失恋に苦しむと同時に物質生活の不安に脅かされて居る時、多くの友人の抗議を排して、新聞小説を書かせたのは、雄吉であった。河野が、細木や吉岡などの烈《はげ》しい反対に逢って、到頭書かないことを決心して、断りの返事を、雄吉の所へ持って来たとき、敢然として再考を求めたのは雄吉であった。

河野と同じように、無資産の貧乏人である雄吉は、細木や吉岡などよりも、河野の心持はよく判《わか》った。失恋と同時に、凡てに元気を失った彼には、貧乏人には付物である物質上の不安が、何時よりも猛烈に、感ぜられて居たのだ。その不安を取り去ることは、失恋に対する対症法ではなくとも、彼の心持を、少しでも軽くする事に依《よ》って、間接に幾何《いくら》かは、彼の苦悩を癒するものと信じて居た。雄吉のそうした考も、一時は誤って居ないように見えた。

『僕は、新聞小説をかいた事に依って、や丶救われたと云っても、い丶位だ、あの頃の友達の忠告の中では、君のが一番適切だった。』と、河野は後になってから、雄吉に感謝の意を洩したこともある。それに対して、雄吉も内心多少の得意は感じて居た。それだのに、河野の生活が、此頃のように放埒《ほうらつ》になってからは、宛《あたか》もその原因が、新聞小説をかいた為《ため》に得た比較的豊かな、物質上の自由にあるように解釈されて、従ってそれを書く事を勧めた雄吉迄が、細木などから軽い非難の的になって居た。その事も、雄吉としては、快い事ではなかった。

その上、その頃は雄吉の知人で、同時に河野を知って居る誰かに逢うと、その人はきっと河野に対する報告を、聞せて呉れた。丁度、子供が何かの悪戯《いたずら》をしたのを、それを監督する責任のある父兄に、告口《つげぐち》でもするように。

「君！　河野君が此間の晩にね……」とか、

「君が、まだ知らないとは駭《おどろ》いたね。」と云うような冒頭で、河野があ丶したこうしたと云ったような事を、いくらか誇張したように、話して呉れた。どの話を聴いても、河野は決してい丶役廻《やくまわ》りをして居なかった。河野が人が好くて、気の弱いのに付け込まれて、散々に利用されて居て、しかも蔭では、馬鹿にされて居ると云ったように結論せられる話ばかりであった。そして彼等はきっとおしまいに、

「君達から、少し忠告するとい丶んだ。」と、親切ごかしに、付け加えて呉れるのであった。

雄吉も、細木や藤田などの極く親しい間丈《だけ》では、河野に対する非難を、いくら繰り返しても、そう不快ではなかったが、余り自分たちと、親しくない者から、彼に対する非難や侮蔑を聞くと、やっぱり不愉快であった。もっと、何うかして呉れ丶ばい丶と、思わずには居られなかった。もっと、シャンとして呉れ丶ばと、思わずには居られなかった。

河野は、生活の調子を、ダラシなくしたばかりでなく、創作の方面でも、同人雑誌をやって居た頃の向上的《アムビシャス》な理想などを、悉く《ことごと》振り捨て丶しまって、婦人雑誌の中でも一番下品な雑誌へ、続き物を書く約束などを始めて居た。藤田などは、それを知ると目を丸くして、駭《おどろ》きかつ慨《なげ》いた。

「僕は、河野が放蕩を始めたからと云って、それを彼是《かれこれ》云おうとは思わない。いくら、遊蕩をしてもい丶が、創作の方面でもっと真剣であって呉れ丶ば文句はないのだ。また創作の方面を投げやりにするのなら、もっと実生活の方でシッカリした真面目な生活を送って呉れ丶ばい丶んだ。河野は、生活も創作も両方とも、投げやりにして居るから、

救われないと思うんだ。どんなに放蕩してもい丶。い丶物を書いてさえ呉れ丶ば、僕達はグウの音も出さないんだ。」と、雄吉は細木に云ったことがある。

河野の生活が、だん〳〵その調子を狂わしてからは、雄吉たちとの交際も、だん〳〵疎遠になって来た。夕方の五時からは、どんな所用があって、尋ねて行っても、在宅して居ることは、殆《ほとん》どなかった。

「河野の所へは、何時行っても居ない。」と、雄吉たちは口々に云い合った。家に居ないことまでが、何も河野に、道徳的責任がある訳でもないのだが、幾度も重って居る中には、そう云う事からしても、妙な感情上のコジレが出来かけて居た。

其中《そのうち》に、河野は雄吉などの連中とは、全く違った遊び友達を、作って居た。

「君達は、酒が飲めないから、駄目だよ。僕にはやっぱり、飲み友達と云ったようなものが必要だよ。」と、河野はよくそれを弁護した。又、人が好くて、我を出さないで、殊に酔うと、益々《ますます》無邪気になる河野は、誰にでも友達として、直ぐ受け容れられて行くのであった。

「あの連中との交際は、第二義第三義の交際だよ。君達がやっぱり第一義だよ。」と、河野はそんな事を云った事もある。が、然《しか》しそうは云うもの丶、河野がだん〳〵今迄の友達と放れ、新しい——同時に交際の興味も新しい——友達に、親しみかけて居るのは事実だった。相対する高台と高台とに、住んで居ながら、河野は雄吉を尋ねて来ることなどは、殆どなかった。何時行っても不在なので、雄吉の方から、訪問する気も起らなかった。

今年になってから、仲間中丈《うちだけ》で、組織して居る会で、雄吉達は久し振に河野に会った。河野の生活に対する非難が銘々の心の中で、白熱して居た。河野は、入って来た時から、険悪な空気に包まれて居た。細木と藤田とは、つい妙な話の機《はず》みから、河野に対する平生の非難を、口に出してしまった。それは、蔭で云って居る河野の悪口のホンの余沫《よまつ》が出たのに過ぎなかった。それでも、河野には可《か》なりの致命傷であったらしかった。雄吉は、蔭では河野の悪口を真先に云って居る癖に、いざと云う場合になると、一口も云えなかったことが、恥しかった。誰に対してもいゝ子だと思われたいと云うような、利己的な心持から、黙って居たのではないかと、自分で恥しかった。やっぱり、細木や藤田などの方が、あゝした直言をするほど、自分などよりも、河野に対して、熱誠を持って居るのだ。何も云わないで、黙って居た自分が、河野に対して、一番冷淡なのではないかと思った。

が、兎《と》に角《かく》、偶然の機《はず》みから、少しは場所柄がよくなかったにしろ、河野に対する苦言が与えられたことを、欣《よろこ》ばずには居られなかった。

あれで、少しでも河野の生活が、引きしまって呉れゝばいゝと思った。

が、そう思ったのは、雄吉の空しい望であったことが、直ぐ判った。

河野は、細木や藤田などの忠告を『友達が悪い。』と云うように、うすっぺらに解釈して新しい友達の今井などに云ったので、今井などは細木や藤田などに対して、悪意を持つようになったと云う事実を、雄吉は新聞のゴシップで知った。それを知った時に、雄吉は河野に対する最後の愛想を尽かさずには居られなかった。

細木や藤田などの、河野の生活の根柢そのものに触れた非難を、小学校の生徒同志の忠告か何かのように、『誰それさんと遊ぶな。』と云うように解釈して、しかもその誰それさんに、直ぐ云い付けに行く態度を、憤慨せずには居られなかった。

交友が悪いと云うような忠告は、小学生少くとも中学生、大負けに負けて、高等学校の生徒迄位に対してのみ、与えられるべきものだ。もう三十にも近く、創作でもしようと云う人間で、友達の善悪などが問題になるものかと思った。みんな自分自身の問題ではないか。自分の生活の心臓に、指し向けられた非難を、正当に受け入れる勇気がなくて、それを罪も報いもない遊び友達に指し向けようとする河野の男らしくない弱者の態度を、雄吉は賤《いや》しまずには居られなかった。こんな事は、自分自身の腹の中で、グッと堪えて居ることではなかろうか、それを自分一人では辛抱が、しきれなくて、遊び友達を非難の渦中に捲《ま》き込んで、彼等に縋《すが》り付くことに依って、細木などの忠告から受くる淋しさや苦悶を、免れようとして居るらしい河野の弱さを、雄吉は賤しまずには居られなかった。それと同時に、用でもなく、満更知らない仲でもない今井などと、細木や藤田などの間柄を、傷けるような河野のやり方を、雄吉は心の中で可なり烈しく非難した。細木などの苦言を受けて、全く悄気《しょげ》て居た河野には同情した雄吉も、こうなっては少しの好意も残って居なかった。彼のやり方を詰責する手紙を送ってやろう。その為に河野との友情が害われても仕方がない。何うせこんな調子で、推移して行けば、早かれ遅かれ、おしまいには破れてしまうのだからと思った。

が、雄吉がそうした手紙を書こうと思って居た時であった。雄吉は、河野から、こんなハガキを受け取った。

○○座の一行と川越に来て居る。今日一座の者と一緒に町廻りをした。ふと、振り返って見ると、僕の乗って居る車にも、河野秀一と云う旗が立って居るのには駭《おどろ》いた。

と云う簡単な文句が、書いてあった。雄吉は、之《これ》を見た時、『河野らしい反抗だな。』と思った。

『君達が、忠告すればするほど、ダラシなくなってやるのだ。田舎の役者と一緒に町廻りなどをすれば、君達は又鹿爪らしく非難する事だろうよ。』と云ったような河野の棄鉢的な反抗が、マザ〳〵と見え透いて居るように思われた。雄吉は、河野の気持が、こんなにこじれてしまって居る以上、詰問などをしても、甲斐がないことだと思った。その儘《まま》に思い止まることにしてしまった。それに河野は川越から帰ると、又直ぐ大阪の方へ遊びに行って、其処《そこ》から又『俺は大に遊んで居るよ。』と云うようなハガキをよこした。それで、大阪から帰る汽車の中で、風邪を引いたにも拘《かか》わらず、帝劇の初日に可なりの発熱を感じながら、見に来て居たと云うような噂を、其後誰からともなく、雄吉は聴いて居た。

「あの人は、あゝした賑《にぎ》やかな場所へ来ることが、何よりも好きらしいな。この頃は、自分の家などには、淋しくて居たゝまらないらしいのだよ。この間の初日なども、河野君にとっては、別に顔出しをしなければならない訳はないのだが、それでも顔を出さずには居られないんだね。」と、その男は附け足した。

×

こうした心持で居たから、雄吉は雄吉達の友達である鳥井の結婚式があると云う日の午前に、河野から、

『流行性感冒にかゝり、昨夜以来、発熱四十度、今日の鳥井の結婚式には、とても出られない。鳥井によろしく云って呉れ。』

と云う速達のハガキ――それも誰かの代筆らしいのを、受け取った時、友人の急な重態に駭《おどろ》くのと同時に、心の底の何処かで『いゝ気味だ。』と、云うような気がするのを、何うしても打ち消すことが出来なかった。自分達の河野の生活に対する非難が、こうし

た偶然の出来事に依って、代弁されるようにさえ思った。無論、河野の放恣な出鱈目な無検束な生活が、直接には発病の因を、成しては居なかったろう。が、雄吉は、若し河野が一月ほど前に、細木や藤田などが与えた苦言を幾らかでも聴いて、もっと慎ましい秩序のある生活をして居たならば、こうした危険な病勢などを、未然に防ぎ得ただろうと思わずには居られなかった。

『あの忠告は、本当に時宜的忠告《タイムリイアドヴァイス》だった。今度のことで、少しは思い知るがいゝ。』と雄吉は思って居た。

二

お互の感情が、どんなに荒《すさ》んで居たとしても、それは、河野が壮健で跳ね廻って居る時のことで、生命の危険さえ伴って居る病気になっては、見舞に行かないと云う訳には行かなかった。

鳥井の結婚式が済むと、雄吉は細木と連立って、下谷の河野の家を尋ねた。取次に出た河野と同じように、人の好いお母さんの真蒼《まつさお》な顔には、背負い切れぬ心配が、満ちわたって居た。二三日櫛《くし》を入れないらしい髪のほつれ毛が、一層この年とった母親を、いたましく見せて居た。子供の危い生命を、全身で縋りついてゞも、取り取めようとするような此の母親の姿を見ると、雄吉は悲哀と敬虔と尊敬とが、交って居るような心持で、いた〲しく見詰めずには居られなかった。

「ほんとうに、何《ど》うなる事かと心配して居ます。熱が昨日《きのう》から、ちっとも下らないので御座います。それに、秀一は常から心臓が、わるいもので御座いますから、本当に何うなる事かと心配して居ます。」

お母さんの低い声は、低いながらに、小さく顫《ふる》えて居るようにさえ思われた。

「何方様も、玄関でお断りして居るのですが、秀一に訊《き》いて見ますから。」

そう云って奥に入ったお母さんは、座敷に寝て居る河野に訊いて居るらしかった。痰《たん》がからんだような河野の低い声が、かすかに聞えた。再び、顔を出したお母さんは、

「お目にかゝりたいと申して居ります。」そう云って、雄吉たちを、病室へ案内して呉れた。

雄吉は、河野には、一月も逢って居なかった。が、健康であれば、少しも変っては居ない筈の河野が、殆ど別人のように、蒼ざめた顔をして、氷嚢《ひょうのう》を頭に載せたまゝ、死人のように床の上に横わって居た。

『あゝ死相が現われて居る。』雄吉は、心の中でそう思った。いつも、赤みがかって居る河野の顔には、あの臨終の人にありがちな黒い陰翳《いんえい》を持った青みが、塗り付けたように、漲《みなぎ》って居た。唇は紫色にかわって居た。河野がいつか、俺の眼は澄み切って居るだ

ろうと、自慢して居た眸丈《ひとみだけ》が、明るい電燈の光のもとに、ます〳〵澄み切って居るように思われた。その顔は、河野の半生には、夢にも見られないような清浄さと、けだかさとを供えて居た。雄吉と細木との顔を、上目を使って、ジロリと見た河野は、「ありがとう！」と、口の裡で微《かす》かに云って、何か云い続けようとしたが、咽喉へからんで居る痰の為だろう、苦しそうに咽喉元を、顫わしたまゝ、何も云わなかった。

雄吉も細木も、病気見舞と云ったような、ありふれた御座なりを、友達が瀕死の場合に云うのは、如何にも空々しく見えるので、何も云わないで黙って居た。

が、常にない河野の、神々しいと云ってもいゝような顔を見て居ると、河野の過去一年の凡ての行為が、今度の病気に依って、スッカリ浄化されたように思われて、河野に対して懐いて居た感情のこじれを、悉く忘れはてようとして居た。十年に近い間、いろいろさま〳〵な生活を、一緒にして来た友達に対する、純な感情がしみ〴〵と、蘇って来るように思った。

雄吉は、その晩自分の家へ帰る道で、この瀕死の友達のために、出来る丈の事をしてやらねばならないと思った。

河野が、病気になったに就いて、一番困まって居ることは、やはり金ではないかと思った。新聞小説を書いて得た収入は、入るに従って散じてしまったようだし、その小説を出版して得る印税は、前借までして使って居たし、その上、河野は最近になってから、急に身の廻りの物を、整え初めて、身分不相応ではないかと思われるほど、立派な洋服と外套とを、新調して居たし、雄吉の考では、借金こそあれ、余分の金は一文もないようにさえ思われた。殊に河野が倒れて居る以上、月末に入る原稿料などは、一文も入って来る筈はないのである。

雄吉は、友達同志で醵金《きょきん》して、せめて百円か二百円かの纏《まとま》った金を、河野の為に蒐《あつ》めてやろうと思った。が、実際その積《つもり》で、蒐めかけて見ると、雄吉ほど気乗りのしない友達を見出したり、友達の中に河野同様悪性感冒にかゝる人が出来たりして、思ったほど手軽に纏りそうもなかった。

それで、到頭その方は思い切って、先輩や友達仲間の傑作選集を出版して、その印税を河野に贈ることにした。その方法は、誰にも大した迷惑をかけることなくして、纏った金を作り得る簡易な方法であった。自分の古い作品の中から、著作集にも入れてしまったもの、中から、選集のために、一篇を割くと云ったことは作家に取っては、たゞ一寸した好意丈《だけ》で出来る事だったから。

河野の病気は、危篤と云っても、いゝ位な重態のまゝで、四五日の間持ち合って居た。医者は、弱い心臓を保護するためのあらゆる手段を尽くして居るらしかった。

そうした危険な河野の重態を、憂慮しながらも、雄吉は細木と相談して、選集を出す計画を進めて居た。この選集で得られる印税が、河野に対する香奠《こうでん》になるのではあるまいかと思うほど、河野の病状は険悪であった。

丁度、その頃であった。

雄吉は、ある日突然吉岡の訪問を受けた。吉岡は河野とは可なり親しかったが、雄吉とはまだ友達とは云われない位な知合であった。お互に訪問したり、訪問せられたりする程の、親しい間柄ではなかった。

従って、雄吉は此《この》場合、吉岡の訪問を一寸意外に思わずには居られなかった。

「いや！　一寸失礼するよ。一寸君に相談する事があってね。」と、吉岡は出迎えた雄吉にそう断りながら、二階に通った。

吉岡は、座に着くと、ロク〳〵落附きもしない裡に、

「いや、実は外から一寸、聴いたのだがね。河野君が、病気のために金に困って居るらしいので、君たちが河野君のために、金を蒐めて居ると云うような事を聴いたが、本当かね。」と、や、性急だと思われる位口早に訊いた。

雄吉は、吉岡が何のためにそんな事を、訊くのだか分らなかったが、多分吉岡自身応分の金を出して呉れるのだろうと思ったので、

「蒐めようと云う計画もあるのだが……」と、答えた。

吉岡は、一寸云い出しにくそうにして居たが、

「話が可なり突然になるのだが、実はS家でね、若し河野君が金に困って居るのなら、療養費は幾らでも出そうと云うのだがね。実はそれで、先刻《さつき》河野君の家へ行ってそれとなく様子を視たのだが、人事不省同様で誰にも会わせられないと云うから帰って来たのだ。それで、君が一番適任者だと思ったから、相談に来たのだが、一体何うしたものだろう。」と、吉岡は持前の、明快な口調で、早口に云った。

雄吉は吉岡の云うことを、何気なく聴いて居る中に、それが思いがけなくも、可なり重大な問題であるのに、気が付いて、緊張せずには居られなかった。

雄吉は、河野の代理として、こうした恵与を、受くるべきか、斥《しりぞ》くべきかの判断をする、重大な責任を感じた。

表面丈《だけ》から云えば、S家は河野の愛に背き去った恋人の家ではあるにしろ、二年前に死んだ主人と河野とは、先《ま》ず師弟と云ってもよい間柄であったのだから、S家で河野の急場を救うと云うことは、そう大して筋違いのようではなかった。が、然《しか》し——問題はそう簡単ではなかった。

河野とS家とは、お互に義絶の通知をこそしないけれど、今では可なり烈しい確執を懐き合って居る間柄だった。河野はS未亡人の約束の破棄を恨んだような、それに報ゆるような意図を蔵して居る作品を、昨年以来幾つも発表して居た。

そうした不和な間柄でありながら、河野の大病を聞き知って、金を出そうと云う、それは今迄の行きがかりを悉く忘れて、河野が作品の中で、示した反抗的な復讐《ふくしゅう》的な態度を、少しも意に介さないで、敵を愛すと云ったような、恩を以《もっ》て怨《あだ》に報ゆると云ったような、美しい純な心の発露であるかも知れなかった。が、然し――と雄吉は思った。善意に解釈すれば、如何《いか》にも美しい事には違いないが、ホンの少しの邪推を、交えて考えると、それが、全くアベコベに考えられないことはなかった。今迄、自分に刃向って来た敵が、窮状に落ちて居るのを見済まして、のっぴきならぬ救助を与えて、敵の今後の反抗をいや応なしに、封じてしまうと云う、卑怯な邪《よこ》しまな意図が働いて居ると、考え僻《ひが》められないことはなかった。

雄吉は、無論S家の動機が、凡ての行きがかりを捨てた純な厚意から、出て来るのだと信じたかった。が、然しその動機は、善悪孰《いず》れにもせよ、あゝした確執を結んで居る間柄でありながら、相手が如何に大病で死にかゝって居るにもせよ、如何に金に困って居るにもせよ、金を与《や》ろうかなどと云う申出は、それがどんなに至醇な動機からであろうとも、相手に対する可なり重大な侮辱を、意味しては居ないだろうか。お互に憎んで戦って居る相手から、そうした申出を示された時、少しでも気概のある男であったら、オメ〳〵と受けるだろうか。若し雄吉が河野であったならば、そうした救助の手を、憤然として払い除《の》けるに、躊躇《ちゅうちょ》しないと思った。払い除けるばかりでなく、相手のそうした侮辱に対し、相当な復讐をさえ企図するかも知れぬと思った。

吉岡は、雄吉が黙ったまゝ考えて居るのを見ると、説明をするように語を次いだ。

「僕は、河野君にそれとなく話して見ようと思ったのだが、何しろ人事不省に近いことだし、そんな話をして、激動《ショック》を与えては悪いと思ったから、黙って帰って来たのだ。何なら、河野君に対しては、S家の名を云わなくてもいゝのだ。ある特志家が河野の窮状に同情して、金を出すと云う名義でいゝのだが、何うだろう。」と、吉岡は雄吉の返事を促した。

雄吉は決心して云った。

「僕は不賛成だね。S家の厚意は感謝するよ。そして、その心持も判らないことはないがね。が、然し兎に角、あゝした関係になって居るんだろう。まあ、義絶と云ってもいゝだろう。若《も》し、そうした救助を受けて置いて、もし人事不省で居る河野が恢復《かいふく》して、俺はS家の厚意なんか死んでも受けるのじゃなかったと云ったら、取り返しの付かないことになると思うのだ。又、河野としては、当然そうなければならないと、僕は信ずるのだ。従って、彼奴《やつ》が生きて居る裡は、そうした金はお断りしたいと思うね。然し、死ねば別だよ。あゝ云う重態だから死ぬかも知れぬと思うが死んだ時香奠として下さるのなら、僕は河野の代りに、欣んで受けようと思うのだ。死ねば、あゝ云う行きがかりも消えてしまう事だし、あのお母さんをよくして上げるのには、少しでも金が沢山あった方がいゝと思うから……」と雄吉は実際河野の死んだ場合を予想しながら云った。

「が、然し生きて居る中《うち》は、お断りしたいね。河野が貰《もら》うと云っても、僕は忠告して止めさせたい位だ。まして、僕が、人事不省で居る河野の代りに、貰ってもいゝとは何うしても云われないね。」と、雄吉は可なり真剣になって云った。そして、瀕死の親友のために、立派に正当に、代理を務めてやって居るのだと云う感激をさえ、感じて居たのであった。

「それに、万策が尽きてしまって、金の出所が少しもないと云うのなら、兎も角だが、河野が金に困って居るのだろうと云う事も、僕達の老婆心から出た推測で、河野が自身で金に困ると云った訳じゃないんだ。もし亦《また》困って居たにした所が、友人もあることだし、親類もある事だし、S家の世話などになる前には、僕達で出来る丈の事をしてやるのが、当然ではないかと思って居るのだが。」と、雄吉は云いつゞけた。

吉岡は、雄吉の謝絶を、あまり感情を害さないで、割合平静に聴いて居たが、

「あゝそうかい、いや！　よく判ったよ。僕も最初から何うかと思って居たのだが。」

と、穏やかに受け入れた。

雄吉は、此事を病床に居る河野に、聴かせたら、きっと憤慨するに違いない。此方《こちら》の弱身につけ込んで、侮辱的恩恵を施そうとするのだと云って、S家の態度を憤慨するに違いないと思った。そして、雄吉が河野の代りに、敢然として、此の申出を謝絶したことを必ず感謝するに違いないと思って居た。

「それで、君達で金を蒐めようとして居るのかい。」と、吉岡は暫《しばら》くしてから訊いた。

「いや、金を蒐めようと思って居たのだが、金だと十円にしろ二十円にしろ、一寸苦痛を感ずる人もあるだろうから、僕達の仲間の傑作選集と云ったようなものを、出そうと思って居るのだ。それなら、誰にも迷惑をかけないで、済む事だから。」

「そりゃ名案だね。」と、吉岡は可なり感心したように云った。「金なんか貰ったり、やったりして居ると、後々喧嘩《けんか》なんかした時に、お互に不快だからね。選集はいゝよ、それに君達のものなら引き受ける本屋はあるだろう。」と、続けた。

雄吉は、吉岡が不用意の裡に犯して居る自家撞着《どうちゃく》に、気が付かずには居られなかった。それと同時にそれに依って自分の取った態度を、更に肯定されたように思った。吉岡は、将来万一起るかも知れない不和の場合を恐れて、友人間の金の恵贈を、避けたらいゝと云うのだ。所が、河野とS家との不和は、ホンの僅《わず》かな可能性をしか、持って居ない将来の事ではなくして、厳として眼前に横わって居る事実なのだ。将来の万一の不和を怖れて、金の恵贈を避けると云うのなら、その何百倍何千倍の強さを以て現在の不和のために、金の恵贈を避けるべき筈ではないかと思った。

憎んで居る相手から、金を受けると云うことは、恩恵や厚意を受くることでなく、一つの侮辱を受くることではないか、と雄吉は思った。

吉岡も本心では、此の申出の不合理に、気が付いて居るのだが、S家に対する義理の為に、仕方なく行動して居るのだと思った。

そう思うと、雄吉は瀕死の友人のために、万人が認めて正当とする、処置を取ったのだと云う確信と、それから来る満足とを持たずには居られなかった。

×

その中に、河野はだん〳〵恢復して行った。最初恐れられて居た心臓の弱さも、杞憂であったことが判った。予後は、随分長くかゝった。それでも、発病してから、三月目の初には、もう常人と変化しないほどの健康に、近づきかかって居た。

その間雄吉は、吉岡から聴いた話を、河野に伝えなかった。河野に云えば、きっと不愉快を感ずるだろう、病気のために可なり気を腐らせて居る時に、話してはならない、病床にある間は黙って居ようと思って居た。

が、兎に角、河野の代理にやったことだから、一応は河野に話して、その事後承諾を得なければならぬと思って居た。同時に、河野からの感謝を得たいという心持もあった。

ある晩、河野は珍らしく雄吉の家を尋ねて来た。もう夏の初であるのに、まだ外套を着て居た。

「夜外出して見たのは、今日が初てなのだ。もう大抵大丈夫だと思ったから、試験的に君の家まで来て見たのだ。」と云った。

もう全くの健康だった。少し位いやなことを聴いても、ビクともしないような感情と身体とを、取り返して居るように思われた。雄吉はもう話してもいゝと思った。

世間話が一寸途切れた時に、雄吉は心持言葉を改めながら、

「君、今だから話すがね。君が人事不省だった二月の二十日頃の事さ。吉岡が僕の家へ突然やって来てね、何の事だろうと思うとね、S家で、君が金に困って居るようなら、いくらでも出そうと云うのだ――」こう云いながら、雄吉は河野の顔を見た。河野は、顔を赤くしながら、可なり緊張した顔付で、雄吉の顔をじっと見詰めて居た。

「無論、僕は断ったよ。君の代りに敢然として断ったよ。僕は、可なり君を侮辱して居ることだと思うのだ。下品な言葉で云えば、金で面《つら》をはる、と云ったようなやり方じゃないかね。そう此方で思われないこともないからね……」

と、雄吉は河野の憤慨を唆るように、自分自身興奮してしまった。

「僕は、少し怪《け》しからんことだと思ったんだ。よくもそんな事を云って来られたと思ったんだ。今更、そんなことを云って来られる義理じゃないんだろう。」と、云いながら雄吉は、河野がきっと烈しい憤慨を洩らすだろうと待って居た。

が、河野は雄吉の予期とは、全く違って居た。彼は、顔を一層赤くしながら、俯《うつむ》き加減に、じっと畳の上を、見詰めて居たようだったが、その眸は湿《うる》んで居るようにさえ、

雄吉には思われた。暫くすると、やっと、顔を挙げたかと思うと、「君はそう憤慨するけれども、先方はそう悪意でやった事じゃないよ。」と、云って、遉《さすが》に、自分自身の弱さを恥じるようであった。が、その顔には、ある感激さえ認められた。

雄吉は、自分が壁だと思って突き当って行ったものが、ヘナ〳〵と崩れてしまったような拍子抜けを感じて、暫くは茫然《ぼうぜん》として河野の顔を、見詰めて居た。そして心の裡では、急に方角を見失った男のように、ボンヤリとしてしまった。

雄吉が、若し河野であったならば、どんなに憤慨したかも知れないような侮辱を、河野は憤慨どころか、ある感激を以て、受け入れて居る。河野自身が『怪《け》しからない事だ。』と云うて、憤慨するところを、第三者の雄吉が、マア〳〵と云って和《なだ》めるべき筈のものが、丸切りその反対になって居る。雄吉が、考えれば、可なり重大な侮辱だと思うことを、河野はそうは思わない。相手の行為に潜んで居るかも知れない悪意などは、全く無視してしまって、善意だけを出来る丈汲《だけく》もうとする。あれほどS家に対して恨みを懐いて居るような事を云いながら一寸S家から好意――それも、あゝした関係に於《おい》ては侮辱と思われる――を示されると、平生の意地も恨みも忘れて、先方の好意丈《だけ》を感ずる。何と云う意気地なしだろうと思った。何と云う弱さだろうと思った。が、雄吉は之迄の河野の弱さは、大抵軽蔑したり冷笑したりして来た。が、弱さがこうまで、徹底して人間ばなれのした、人間の普通の感情では、律せられない所まで、行って居ると、頭から軽蔑することは出来なかった。河野の徹底した弱さ、人から蹂《ふ》み躙《にじ》られながらもまだ蹂みにじる足の中《うち》から、何かの好意を、見出そうというような心持は、弱さが徹底して無辺際《むへんざい》の愛と云う所まで行って居るのではないかと思った。従って、河野は人間として雄吉のような、普通の感情や道徳で、行動して居るものよりは数段かけはなれた高い所に居るのではないかとさえ思った。そう思うと、雄吉は自分の感情で、河野の弱さを、メチャクチャに冷笑して居た自分が、不安にならずには居られなかった。それと同時に、河野の際限のない弱さに対して、尊敬に似たある心持を懐かずには居られなかった。

雄吉は、予期した通に、河野から承認や感謝を、得られなかったことに、軽い失望を感じながらも、自分の前に、じっと俯向いて居る河野の顔を——十年近くも見馴《みな》れて居る顔を、別人を見るような目新しい心持で、暫くは見詰めて居た。そして心の裡で『神の如き弱さ《デイヴアイン・ウヰクネス》』と云う言葉を、何時の間にか思い浮べて居た。

マスク

菊池寛

一九二〇年七月『改造』掲載

見かけ丈《だけ》は肥って居るので、他人からは非常に頑健に思われながら、その癖内臓と云《い》う内臓が人並以下に脆弱《ぜいじゃく》であることは、自分自身が一番よく知って居た。一寸《ちょっと》した坂を上っても、息切れがした。階段を上っても息切れがした。新聞記者をして居たとき、諸官署などの大きい建物の階段を駈《か》け上ると、目ざす人の部屋へ通されても、息がはずんで、急には話を切り出すことが、出来ないことなどもあった。

肺の方も余り強くはなかった。深呼吸をする積《つもり》で、息を吸いかけても、ある程度迄《まで》吸うと、直《す》ぐ胸苦しくなって来て、それ以上は何《ど》うしても吸えなかった。

心臓と肺とが弱い上に、去年あたりから胃腸を害してしまった。内臓では、強いものは一つもなかった。その癖身体丈《だけ》は、肥って居る。素人眼にはいつも頑健そうに見える。自分では内臓の弱いことを、万々承知して居ても、他人から、「丈夫そうだ〳〵。」と云われると、そう云われることから、一種ごまかしの自信を持ってしまう。器量の悪い女でも、周囲の者から何か云われると自分でも「満更ではないのか。」と思い出すように。

本当には弱いのであるが「丈夫そうに見える。」と云う事から来る、間違った健康上の自信でもあった時の方がまだ頼もしかった。

が、去年の暮、胃腸をヒドク壊して、医者に見て貰《もら》ったとき、その医者から、可《か》なり烈《はげ》しい幻滅を与えられてしまった。

医者は、自分の脈を触って居たが、

「オヤ脈がありませんね。こんな筈《はず》はないんだが。」と、首を傾けながら、何かを聞き入るようにした。医者が、そう云うのも無理はなかった。自分の脈は、何時《いつ》からと云うことなしに、微弱になってしまって居た。自分でじっと長い間抑えて居ても、あるかなきかの如《ごと》く、ほのかに感ずるのに過ぎなかった。

医者は、自分の手を抑えたまゝ一分間もじっと黙って居た後、

「あゝ、ある事はありますがね。珍らしく弱いですね。今まで、心臓に就て、医者に何か云われたことはありませんか。」と、一寸真面目な表情をした。

「ありません。尤《もっと》も、二三年来医者に診て貰ったこともありませんが。」と、自分は答えた。

医者は、黙って聴診器を、胸部に当てがった。丁度其処《そこ》に隠されて居る自分の生命の秘密を、嗅ぎ出されるかのように思われて気持が悪かった。

医者は、幾度も〳〵聴診器を当て直した。そして、心臓の周囲を、外から余すところないように、探って居た。

「動悸が高ぶった時にでも見なければ、充分なことは分りませんが、何《ど》うも心臓の弁の

併合が不完全なようです。」

「それは病気ですか。」と、自分は訊《き》いて見た。

「病気です。つまり心臓が欠けて居るのですから、もう継ぎ足すことも何うすることも出来ません。第一手術の出来ない所ですからね。」

「命に拘《かか》わるでしょうか。」自分は、オズ〳〵訊いて見た。

「いや、そうして生きて居られるのですから、大事にさえ使えば、大丈夫です。それに、心臓が少し右の方へ大きくなって居るようです。あまり肥るといけませんよ。脂肪心になると、ころりと衝心《しょうしん》してしまいますよ。」

医者の云うことは、一つとしてよいことはなかった。心臓の弱いことは兼て、覚悟はして居たけれども、これほど弱いとまでは思わなかった。

「用心しなければいけませんよ。火事の時なんか、馳《か》け出したりなんかするといけません。此間《このあいだ》も、元町に火事があった時、水道橋で衝心を起して死んだ男がありましたよ。呼びに来たから、行って診察しましたがね。非常に心臓が弱い癖に、家から十町ばかりも馳け続けたらしいのですよ。貴君なんかも、用心をしないと、何時コロリと行くかも知れませんよ。第一喧嘩《けんか》なんかをして興奮しては駄目ですよ。熱病も禁物ですね。チフスや流行性感冒に罹《かか》って、四十度位の熱が三四日も続けばもう助かりっこはありませんね。」

此《この》医者は、少しも気安めやごまかしを云わない医者だった。が、嘘《うそ》でもいゝから、もっと気安めが云って、欲しかった。これほど、自分の心臓の危険が、露骨に述べられると、自分は一種味気ない気持がした。

「何か予防法とか養生法とかはありませんかね。」と、自分が最後の逃げ路《みち》を求めると、

「ありません。たゞ、脂肪類を喰《く》わないことですね。肉類や脂っこい魚などは、なるべく避けるのですね。淡白な野菜を喰うのですね。」

自分は「オヤ〳〵。」と思った。喰うことが、第一の楽しみと云ってもよい自分には、こうした養生法は、致命的なものだった。

こうした診察を受けて以来、生命の安全が刻々に脅かされて居るような気がした。殊に、丁度その頃から、流行性感冒が、猛烈な勢で流行《はや》りかけて来た。医者の言葉に従えば、自分が流行性感冒に罹ることは、即《すなわ》ち死を意味して居た。その上、その頃新聞に頻々《ひんぴん》と載せられた感冒に就ての、医者の話の中などにも、心臓の強弱が、勝負の別れ目と云ったやうな、意味のことが、幾度も繰り返えされて居た。

自分は感冒に対して、脅え切ってしまったと云ってもよかった。自分は出来る丈《だけ》予防したいと思った。最善の努力を払って、罹らないように、しようと思った。他人から、臆病と嗤《わら》われようが、罹って死んでは堪らないと思った。

自分は、極力外出しないようにした。妻も女中も、成るべく外出させないようにした。

そして朝夕には過酸化水素水で、含嗽《うがい》をした。止《や》むを得ない用事で、外出するときには、ガーゼを沢山詰めたマスクを掛けた。そして、出る時と帰った時に、叮嚀《ていねい》に含嗽をした。

それで、自分は万全を期した。が、来客のあるのは、仕方がなかった。風邪がやっと癒《なお》ったばかりで、まだ咳《せき》をして居る人の、訪問を受けたときなどは、自分の心持が暗くなった。自分と話して居た友人が、話して居る間に、段々熱が高くなったので、送り帰すと、その後から四十度の熱になったと云う報知を受けたときには、二三日は気味が悪かった。

毎日の新聞に出る死亡者数の増減に依《よ》って、自分は一喜一憂した。日毎《ひごと》に増して行って、三千三百三十七人まで行くと、それを最高の記録として、僅《わず》かばかりではあったが、段々減少し始めたときには、自分はホッとした。が、自重した。二月一杯は殆《ほと》んど、外出しなかった。友人はもとより、妻までが、自分の臆病を笑った。自分も少し神経衰弱の恐病症《ヒポコンデリア》に罹って居ると思った。が、感冒に対する自分の恐怖は、何うにもまぎらすことの出来ない実感だった。

三月に、は入《い》ってから、寒さが一日々々と、引いて行くに従って、感冒の脅威も段々衰えて行った。もうマスクを掛けて居る人は殆どなかった。が、自分はまだマスクを除《の》けなかった。

「病気を怖れないで、伝染の危険を冒すなどと云うことは、それは野蛮人の勇気だよ。

病気を怖れて伝染の危険を絶対に避けると云う方が、文明人としての勇気だよ。誰も、もうマスクを掛けて居ないときに、マスクを掛けて居るのは変なものだよ。が、それは臆病でなくして、文明人としての勇気だと思うよ。」

自分は、こんなことを云って友達に弁解した。又心の中でも、幾分かはそう信じて居た。

三月の終頃まで、自分はマスクを捨てなかった。もう、流行性感冒は、都会の地を離れて、山間僻地《へきち》へ行ったと云うような記事が、時々新聞に出た。が、自分はまだマスクを捨てなかった。もう殆ど誰も付けて居る人はなかった。が、偶《たま》に停留場で待ち合わして居る乗客の中に、一人位黒い布片《ぬのきれ》で、鼻口を掩《おお》うて居る人を見出した。自分は、非常に頼もしい気がした。ある種の同志であり、知己であるような気がした。自分は、そう云う人を見付け出すごとに、自分一人マスクを付けて居ると云う、一種のてれくさゝから救われた。自分が、真の意味の衛生家であり、生命を極度に愛惜する点に於《おい》て一個の文明人であると云ったような、誇をさえ感じた。

四月となり、五月となった。遉《さすが》の自分も、もうマスクを付けなかった。ところが、四月から五月に移る頃であった。また、流行性感冒が、ぶり返したと云う記事が二三の新聞に現われた。自分は、イヤになった。四月も五月になって、まだ充分に感冒の脅威から、脱け切れないと云うことが、堪らなく不愉快だった。

が、道の自分も、もうマスクを付ける気はしなかった。日中は、初夏の太陽が、一杯にポカ〳〵と照して居る。どんな口実があるにしろ、マスクを付けられる義理ではなかった。新聞の記事が、心にかゝりながら、時候の力が、自分を勇気付けて呉《く》れて居た。丁度五月の半であった。市俄古《シカゴ》の野球団が来て、早稲田で仕合が、連日のように行われた。帝大と仕合がある日だった。自分も久し振りに、野球が見たい気になった。学生時代には、好球家の一人であった自分も、此《この》一二年殆んど見て居なかったのである。

その日は快晴と云ってもよいほど、よく晴れて居た。青葉に掩われて居る目白台の高台が、見る目に爽やかだった。自分は、終点で電車を捨てると、裏道を運動場の方へ行った。此の辺の地理は可なりよく判って居た。自分が、丁度運動場の周囲の柵に沿うて、入場口の方へ急いで居たときだった。ふと、自分を追い越した二十三四ばかりの青年があった。自分は、ふとその男の横顔を見た。見るとその男は思いがけなくも、黒いマスクを掛けて居るのだった。自分はそれを見たときに、ある不愉快な激動《ショック》を受けずには居られなかった。それと同時に、その男に明かな憎悪を感じた。その男が、何となく小憎らしかった。その黒く突き出て居る黒いマスクから、いやな妖怪的な醜くさをさえ感じた。

此の男が、不快だった第一の原因は、こんなよい天気の日に、此の男に依って、感冒の脅威を想起させられた事に違《ちがい》なかった。それと同時に、自分が、マスクを付けて居るときは、偶にマスクを付けて居る人に、逢うことが嬉《うれ》しかったのに、自分がそれを付けなくなると、マスクを付けて居る人が、不快に見えると云う自己本位的な心持も交じって居た。が、そうした心持よりも、更にこんなことを感じた。自分がある男を、不快に思ったのは、強者に対する弱者の反感ではなかったか。あんなに、マスクを付けることに、熱心だった自分迄が、時候の手前、それを付けることが、何うにも気恥しくなって居る時に、勇敢に傲然とマスクを付けて、数千の人々の集まって居る所へ、押し出して行く態度は、可なり徹底した強者の態度ではあるまいか。兎《と》に角《かく》自分が世間や時候の手前、やり兼ねて居ることを、此の青年は勇敢にやって居るのだと思った。此の男を不快に感じたのは、此の男のそうした勇気に、圧迫された心持ではないかと自分は思った。

●編者より

　文壇ゴシップ的にいうと、「神の如く弱し」の雄吉は菊池寛自身が、河野は久米正雄がモデルでしょう。

「二年越の恋愛事件」というのは、久米正雄が夏目漱石の娘、筆子を好きになったけれど、筆子は同じく漱石の弟子であり久米の親友でもある松岡譲《ゆずる》と結婚してしまった、という「事件」。よくある三角関係。「高田」が松岡譲、「令嬢」が筆子、「S未亡人」が漱石夫人の鏡子です。

　ちなみにノンフィクション『日本のいちばん長い日』などの作家、半藤一利の妻、エッセイストの末利子は筆子の娘で、この「恋愛事件」についてもたびたび言及しています。菊池寛は「恋愛事件」に関して父・松岡譲ではなく久米正雄に肩入れしていたので許せない、なんて冗談交じりに。

　もっとも、この「神の如く弱し」を読むと、菊池寛は久米正雄に同情しつつも呆れていたようですね。

「マスク」も新型コロナウイルス感染症と重なるところがたくさんあります。内臓が脆弱《ぜいじゃく》で〈強いものは一つもな〉いという「自分」は、流行性感冒に罹ったら死んでしまうとおびえ、極力外出しないようにするばかりか、妻や女中も外出をさせないようにし、朝夕は過酸化水素水でうがいをして、やむをえず外出する時は〈ガーゼを沢山詰めたマスク〉で完全防備。毎日の新聞に載る死亡者数の増減に一喜一憂する。しかし流行のピークが過ぎ、終息が見えてくると、流感の象徴でもあったマスクに対して複雑な感情が芽生えてきます。このあたりの描き方が読みどころ。

新型コロナウイルス感染症でも「マスク警察」が出没したり、「マスクをするな」と叫ぶ人が現れたり。安倍晋三も「アベノマスク二枚」が政治的な命取りになりましたね。

伸子

宮本百合子

宮本百合子（みやもと・ゆりこ）
一八九九年東京都文京区生まれ。自身の米国留学と結婚・離婚の経緯を書いた『伸子』が話題を呼ぶ。ロシア文学者湯浅芳子とソ連へ渡るなど共産主義への傾倒を深め、日本共産党に入党、党員の宮本顕治と結婚。自身が留学後にスペイン風邪に罹患した様子を『伸子』に描写。一九五一年逝去。

一九二四年九月より『改造』連載

本章は長編小説『伸子』より一部を抜粋したものです。

父・佐々《さつさ》と共にニューヨークを訪れた伸子。第一次世界大戦が終わりを告げ歓喜に沸く街で、日本人苦学生・佃《つくだ》と出会い、惹かれる。父の帰国が決まり、伸子は新しいひとりの生活に胸を躍らせているのだが……。

彼らは、二時間近く話した。佃はやがて見舞う病人があるからと言って立ち上った。

「——日本人の方?」

「ええそうです。もう大分いいのですが、毎週一遍ずつ行ってやることにしているので待っているでしょう」

ちょうどそのころ、ほとんど世界じゅうに瀰漫《びまん》して悪性の感冒が流行していた。紐育《ニューヨーク》市中でも毎日夥《おびただ》しい患者が脳や心臓を冒されて死亡した。独逸《ドイツ》の潜航艇が、合衆国の沿岸へ来て病菌を撒《ま》いて行ったなどという評判さえあるのは、伸子も新聞で知っていた。

彼女は佃に笑いながら言った。

「お見舞いはいいけれど、ご自分で貰《もら》っていらっしゃらないように」

すると、佃は案外真面目《まじめ》に言った。

「私はたぶん大丈夫でしょう、三四カ月前にいろんな予防注射をしましたから」

「まあ、どうして？」

「Y・M・C・Aの方から、仏蘭西《フランス》へ行くことにしてすっかり準備した時させられたのです。チフスや猩紅熱《しょうこうねつ》の。――だからうつりますまい」

彼は、重々しく言いながら、テーブルの上から老書生らしい古くさい山高帽をとりあげた。

「それに、ああいう病気はこちらの心の持ちようで違います」

（中略）

彼女は適度な散歩後の気軽な心持で、自分の室へ帰って来た。馴《な》れた無頓着で、いつも通り鍵を右に廻《まわ》した。カチリ、変な抵抗が手先に伝わり、扉は開かない。伸子は屈《かが》んで鍵穴を見た。ついで念のため把手《とって》を廻して見た。戸は難なく内側に開いた。錠は掛っていなかったのだ。女中でも掃除に来ているのだろうか。――伸子は、怪しみながら客間に歩み入ってあたりを見廻した。すると、全く思い設けない佐々の声が寝室の中から彼女を呼び迎えた。

「伸子か？」

伸子は、今までの爽《さわ》やかに暢々《のびのび》した気分が一時に飛び去る愕《おどろ》きを感じた。佐々は今朝九時に彼女と佃と三人で旅館を出た。夕刻まで帰るはずがなかったのに。――伸子は、急いでそちらへ行った。

「どうなすったの？」

佐々は、寝台の上に蒼ざめた顔で半身起き上っていた。彼は伸子を見て、いつもの輝いた暖かい笑顔をしようとした。が、よほど気分が悪いと見え、微笑は中途で消えた。父の眼に現われている不安を認め、伸子も不安な心配な心持になった。彼女は、知らなかったとは言え自分が公園でぶらぶらいい心持に時間潰《つぶ》しをしていたのが済まないようになった。

「いつお帰りになったの」

彼女は、寝台の端に腰かけて父の手をとった。

「もう三十分ばかり前に帰って来たのさ。急に。――どうも気分がわるい。――ひどく頭痛がするし、熱があるらしい」

「どれ」

伸子は、父の額に触《さわ》って見た。かなり熱かった。

「寒気がなさる？」

「正金《しょうきん》にいると、どうもぞくぞくするんでね、こいつは怪しいと、いそいで自動車で帰って来たのさ」

佐々は、言葉をきり、自分の容体を熟考するような顔をした。彼はやがて強《し》いて冗談にまぎらすような調子で独り言した。

「感冒かな——とうとうとりつかれたかな」

伸子は、心の中が冷えるように覚えた。彼女も父の声を寝室に聞いた瞬間それを思い、ぞっとしたのであった。秋から流行している悪性の感冒はまだ猖獗《しょうけつ》していた。多くの流行病は、終りに近いほど病毒が軽微になるはずなのに、今年の感冒は逆であった。たくさんの新患者にたくさんの死亡者があった。一生懸命な泰然さで、伸子は、

「そうかも知れないわ。でも早く気がおつきになったから大丈夫よ。——気をしっかり！」

そして、急に母親になったような確乎《かっこ》とした快活さで、

「私はいい看護婦だから安心してまかせていらっしゃい」

と言いながら、手早く外の支度《したく》を脱いだ。

佐々は伸子の帰るのを待ちきっていたらしく、彼女が外套《がいとう》をぬぎに次の間へ行き、やがて戻って手を洗う、その一挙一動を目で追った。

「そこにあったのか、私はまた大きいトランクの方かと思って探したが見つからなかった」

などと言いながら、彼は自分から寝衣をくつろげ伸子に検温器を腋《わき》に挟《はさ》ませた。

三十八度九分あった。

「どのくらいあるかい」

伸子は検温器を振って水銀を下してしまった。

「——大したこともないわ……口がお乾きになるようだったらアイスウォータ言いましょうか」

しばらくして伸子は言った。

「沢村さんに来てもらいましょう。ね」

「……よかろう」

佐々は伸子の顔を見るまでは気を張っていたらしい。心がゆるむと口を利くのも大儀そうであった。二つ重ねた羽根枕の上にほてった顔をのせ、時々太い息をついた。

医師が来るまで小一時間病人と二人ぎりで、伸子は名状しがたい孤立感を覚えた。この大都会の生活と自分たちの生存とはいざとなると何と無関係なことか。周囲の冷然とした感じが伸子の心にこたえた。

佐々の病気は、伸子も見当をつけた通り目下流行の悪性感冒の初期という診断であった。沢村は家庭医らしい物馴れた調子で言った。

「しかし決して御心配なさるには及びませんよ。きわめて軽微な兆候が現われたばかりですし、やっぱりこういう病気はかかる人の平常の健康状態によりますからな。あなたなんぞ栄養はおよろしいし、痼疾《こしつ》はおあんなさらないし——大丈夫、十日もすれば御全快でしょう」

佐々は、ホテルでは不便だから、入院してもよいと言った。

沢村は寝台の傍に立っている伸子を眺めながら、

「立派な看護婦さんがおいでらしいから、かえって今お動きなさらん方がよろしいかもしれません。——もっとも、家へ来ていただいた方が儲《もう》かりますがな、ハッハッハ」

と笑った。

薬剤師の買物やさしずめ沢村へ薬とりに行ってくれたりする者は佃しかなかった。伸子は彼に電話をかけた。

佃は間もなく薬品類の包みを抱えて現われた。彼は伸子を助け、自分の立場を理解しているものの自信をもって振舞った。佐々は夜少量の葡萄《ぶどう》液を飲んだだけであった。佃と伸子は食堂へ行ったが、華《はな》やかに装って談笑する人々、燦《かがや》く食卓の光景は、今まるで彼女の心に迫る力を失ってしまった。佃は、

「あまり御心配なさらない方がようございます」

と仲子を慰めた。

「私はたびたびもっと悪い人を見ていますが――違います。眼がひどく血走っているだけでもすぐ見分けがつきますから本当に御心配なさらないで大丈夫です」

四日間、佐々の病勢は次第に亢進《こうしん》した。三日目など側に見ている仲子さえ息が楽でないほど、病人は苦しそうであった。咳《せき》はほとんど出ない、ただ四十度を上下する熱と烈《はげ》しい頭痛が襲うのであった。体の関節がことごとくいたんで、寝がえりを打つのさえ一人ではできなくなった。それでも、佐々は一言の苦痛も娘には訴えず、耐えようとしている。――父親の情愛から生じたその忍耐はかえって仲子の魂を圧《お》しつけた。父は病弱い人であった。母でもいたら決してこれですむはずのないのが仲子にはよく判《わか》っていた。その上、彼も感情の鈍い人ではない。外国のホテルで、油断できない病にかかった。暗い想像が、ただの一度も彼の脳裡《のうり》を掠《かす》めないと、どうして言えよう。仲子はしばしばその不吉な想像に苦しめられた。それゆえ感傷を制御しようとしているらしい父、いつか眠りに落ちた父の寝顔など、じっと見ていると、ひとしお心をうつものがあるのであった。

佃はホテルの佐々の部屋で過す時間が、他のどこで費やす時間より一日中で長い有様になった。彼はまず朝来て、一通り必要な買物をした。湿布の交換などを手伝う。大学に時間があると一旦去り、三時か四時、あるいはもっと早く再び訪ねて来る。そして大抵夜まで止《とど》まった。病人の寝台の左右に黙って永いあいだ腰かけていることがある。熟睡した病人のところから忍び足で次の間に来、沈黙がちに茶を飲むこともある。そのような時、カサッとシイツが鳴るような音がしても、神経質になっている伸子はぎくりとして耳をそばだてた。佃はすぐ彼女の心持を察したらしく、席を立ち爪立って境のカーテンの間からそっと病人を覗《のぞ》いた。またそっとカーテンを元通りに閉じながら、彼は頭を横に振る。伸子は病人が何事もなくやはり眠っているのを知って頷《うなず》く……佃がそんな長時間を彼女らとともに過すことが、伸子に何の不思議も感じさせなかったほど、彼は生活に必要な人となっていた。佃があまり暇つぶしをすると、心配して病人が、

「どうもとんだ御迷惑をかけますな。今日は大分楽ですから、どうぞ御遠慮なく……伸子、よかろう?」

などと言うことがあった。けれども、佃は、落ち着いて答えた。

「私はいそがしければ勝手に失礼致しますから、気をお採《も》みなさらない方がようございます。精神の安静が大切ですから」

六日目ぐらいから、ほんの少しずつ、しかし、ぶりかえすことなく病人の熱は下降しはじめた。医師は、胸を打診し、舌を検《しら》べ、

「さあこれで今度こそ大丈夫です」

と確言した。

「もう峠は立派にこしましたから、後は予後ですが……」

衣裳棚《いしょうだな》の前に立っている佃の方を、時々好奇心をもって偸《ぬす》み見るようにしながら、彼は言った。

「あなたのこんなのはいわば麻疹《はしか》の軽いのみたいなものでしてね、これですんだと油断すると、またぶり返してかえってえらい目に会うことがあるものです。紐育《ニューヨーク》の風は有名ですからな、どうもこれからは……」

十幾日ぶりで佐々が初めて次の間の長椅子まで起きて来た時、伸子は嬉《うれ》しく、

「万歳！　万歳！」

と叫びながらそこいらを跳《と》び廻った。

「御覧なさい、父様、私ずいぶんいい看護婦だったでしょう？」

「よしよし」

佐々は伸子の手を捉《つか》まえて自分のそばにかけさせた。

「さあもうお母さんのところへ手紙を書いてやってもいいぞ」

嬉しい。安心した。感極《きわ》まった涙がはらはら伸子の頬を転がり落ちた。彼女は泣き笑いしながらめちゃめちゃに父の腕の下へ自分の頭を突っ込んだ。

佐々は手間どって恢復期《かいふくき》を進んだ。二三分のところで平熱にならない日があったり、

時々まだ劇《はげ》しい頭痛が再発したりした。佐々は、初めての日こそ勇み立って次の間まで出て来たが、翌日から、洗面所へ立つだけでやはり終日臥床《がしょう》していた。しかし、いずれにせよ恐ろしい時は過ぎ去った。いろいろな人々が彼の寝台の周囲に出入りしはじめた。笑い声もした。茶器が運び込まれる。仲子は、最も恐怖や不安や必要に満ちていた時は自分たちから遠のき、鳴りを鎮《しず》めていた世間が、再びさりげなく姿を現わしたのを見る、一種の清新さと皮肉とを、日常生活の復帰から感じた。

このごろ、朝の寒さはなかなか厳《きび》しい。仲子は気疲れが出たせいか、毎朝床離れが辛《つら》かった。十分眠ったはずなのに、目が醒《さ》めても筋肉が弛緩《しかん》しているのを感じ、背中がべッドに貼りついたように起き上りにくい。昼近くまでぐずついていることがあった。そういうある朝、仲子は勇気を出して七時少し過ぎに床を離れた。どうしても九時までにBカレジに行かなければならなかった。前日、学生の指導をしているローレンス教授から葉書が来た。十五日も前に、英文学と社会学を聴講する届けをしたきり父の病気で放ってあった。それらの細目について話したいから来いという通知なのであった。

仲子は睡眠不足で変にゾーゾーする体を外套に包み、珈琲《コーヒー》に玉子を食べたぎりで出かけた。出勤時刻で、地下電車のステイションには新聞と鞄を抱えた男女が群れている。仲子はちょうど来合わせた急行に乗り込んだ。ホテルからは二十分足らずで大学まで行ける予定であった。百十六丁目というところで降りた。プラットフォームの工合が、こ頭の前佃と降りた時と少し違っているのを訝《いぶか》りながら、改札口を抜け、往来に出た。街を一瞥《いちべつ》し、伸子はさてと途方に暮れた。街は百十六丁目に違いないのだが、それがブロウドウェイでないことだけは確実であった。ステイションの広場からC大学の建物が見えるどころか、街路の左右に並んでいるのは倉庫のようなものばかりであった。一緒に地下から吐き出された人間はさっさと冷淡にその角を曲って消えてしまい、古新聞が散らばった朝の穢《きたな》い歩道を疎《まば》らにのろのろ歩いているのは、縞《しま》ズボンに黒上着鳥打帽子といういでたちの男か、働き着の労働者だ。

伸子は決心し一途《いちず》に上街《アッペ》に向って歩き出した。学校は百二十丁目にあった。この通りを百二十丁目までさかのぼれば、右か左かにブロウドウェイを繋《つな》ぐ横通りがあるはずだ。さんざん歩いて彼女はやっと一人の交通巡査に会った。そして、初めて自分が電車を間違え、ブロウドウェイよりずっと東に来てしまっていたのを発見した。

ローレンス教授は日本にも来たことがあるそうで、伸子の迷児《まいご》になった話にひどく同情して笑った。用件は、英文学としてとった時間のうち一部を自由作文にしたらためになるだろうという勧告であった。彼女は、そのためにミス・プラットという人のところへ紹介された。

ローレンス教授は、日光や鎌倉のこと、左甚五郎の眠り猫が鳴くという言い伝えなど思い出し、ローマの何とかいう寺院では、壁画の天使がその教会の檀家《だんか》で死ぬ人があると枕辺《まくらべ》に立つという伝説があるなど話した。仲子は、話の間からだんだん頭が痛んで来た。普通の頭痛とは異った、額から後頭まで箍《たが》でもはめるように緊《し》めつけられる感じであった。時を切ってその緊めつけが強くなると、眼球を動かすのさえ辛くなった。眼球が硬《かた》くなって動かそうとすると痛い、そういう気持だ。

　室内の温度が不自然に高かったから、平常健康な仲子は初めただのぼせたのだと思った。散歩して血液循環をよくしたらよかろうと思い、彼女は外に出ると日向《ひなた》の歩道をホテルの方に歩き出した。麗《うら》らかな十二月の真昼だのに仲子は悪《お》寒《かん》がしてたまらなくなって来た。背骨から全身に胴震いし、いろいろな刺《し》戟《げき》——自動車の警笛から、靴の小さい踵《かかと》を伝わって来る鋪道の堅さまで、皆恐ろしい容赦なさで頭に響く。ちゃんと眼を開いていようとするのがまず努力であった。行き倒れになる心配さえしなかったら、一刻も早く、どこでもよい、暗い隅に頭を突っ込んで眠ってしまいたい。……彼女は頼りなく弱々しい泣きたい気分になってある街角から電車に乗った。電車は黄色い車体を悠長《ゆうちょう》に日に照らしながら、少し走ったかと思うとガタン、またガタン、こうるさく一丁目ごとに止りながら進む。籐《とう》を張った冷たく堅い座席の上で、眼を瞑《つぶ》り、仲子は動揺につれてこみ上げる嘔《は》き気《け》をやっと堪《こら》えた。彼女は半分意識を失ったようになってホテルの部屋に戻った。

寝室では、佐々が枕にもたれて起きかえっていた。佃もいて、彼は壁の前に立って何か話している。

仲子は、どちらをも見ず、

「ただ今」

と言った。帽子を脱ぐと彼女はそれを放り出すように父のベッドの裾《すそ》の方に置き、

「私気分がわるくて仕様がないの」

と訴えた。父の顔を見たら、泣きたい心が募った。陽気に喋《しゃべ》っていた佐々は、仲子の泣き声で、本当に愕《おどろ》かされた。

「どうした」

佐々は、仲子の顎《あご》に手をかけて顔を自分の方に向けさせた。

「何という色だ、この顔は！　寒いのかい？　え？　何苦しい？　それやいかん、すぐおやすみ、さ、すぐこの部屋でお寝」

仲子は、それに答えず、むっつりし、藪睨《やぶにら》みのような眼つきで佃の服装をじろじろ見た。彼女は、とってつけもなく、

「馬にお乗りになるの？」

ときいた。佃は上着だけ背広を着、下にカーキ色の粗織襯衣《あらおりシャツ》と膝まである長靴をはいていた。佃は仲子の問いにかえっておどろいたらしく、

「ああこれはY・M・C・Aの服です」

と手短かに答えた。

「——おやすみなさるがいいですよ。……疲れが出たのでしょう。きっと——心配されたから」

彼に手伝われて伸子は外套をぬいだ。

「さ——隣りへ来ておやすみ」

父は隣りにもう一つあるベッドの方へ体を動かして、その上覆《うわおお》いをはねた。

「あっちがいいわ」

伸子は佃に引き立てられるように足を引きずりながら自分の寝部屋へ行って戸をしめた。

「あ、どうか鍵をかけてしまわんように言って下さいませんか」

という父の声がした。

寝衣のつめたいこと！　シイツの冷や冷やすること！　冷たく、寒く、あまり寒いので、伸子はウワワワワワ歯を鳴らしながらできるだけ小さく自分の体を縮めた。頭は石になったように苦しい、ああこの頭を誰かに撫《な》でてもらったら！　もっと暖かく暖かくかけものをかけてもらったら、どんなにいい気持になれるだろう？……

誰もいやしないし、こんなかけものしかありゃしないし……寒い……濡《ぬ》れた兎《うさぎ》だ。本当に濡れた兎だ。伸子は子供のように枕に顔をすりつけた。

「母さま……母さま……」

伸子はだんだんぼーっとなりながら、眼尻から涙を流した。

フッと伸子は我にかえった。あたりはもう夜であった。電燈が煌々《こうこう》とついて、父が和服のまま困ったように立っている。彼女は眩《まぶ》しく、寝返りを打ちながら、父もまだ無理をしてはいけないのにと心配を感じた。それを言おうとしたが声が出ない。また寝がえりをしなおそうとしたはずみに、百尺もあるところを墜落したように頭が痺《しび》れた。再び渾沌《こんとん》が来た。悪寒はやんだ代りに高い熱と痙攣《けいれん》が起った。

体が妙に突き上げるような不可抗力でヒクリ、ヒクリ、そり返る。体じゅうしゃくりをする。伸子はそのたびに悲しげな、断《き》れ断《ぎ》れな叫びを上げた。彼女は何かにしっかり捉《つか》まりこの苦しい疲れる衝動を制したかった。しかしどこにも手応《てごた》えがない。頭の裡も外もフラッシュライトに取り巻かれているように一面の光の渦巻だ。その光の海は絶えず揺れる、閃《ひらめ》く、走り廻る、いそがしい。明るい、明るくて苦しい。

「疲れるわ、わたし……眠らせて。眠らせて」

彼女は譫言《うわごと》を言いつづけつつ、頻繁《ひんぱん》に引きつけた。意識が明るくなり暗くなりした。

午前二時ごろ、全く夢中な伸子がホテルから病院へ担ぎ込まれた。自動車の中で彼女は一度正気づいた。彼女は自分が病院へ行く途中にあることを理解した。けれども誰が自分をこのように抱きかかえ、頭にクッションを当てがっているのだろう、ゴロゴロして痛い眼を開き、薄暗いなかで熱心にあいてを注視した。佃であった。彼は伸子が眼を開いたのを認めると、子供をすかすように彼女の体を膝の上にゆり上げつつ言った。

「苦しいですか？　もう少し我慢して下さい。今すぐ楽になりますよ。じきですよ……」

伸子は真夜中に病室ですっかり衣服を更えさせられた。夜勤看護婦と入れ違いに佃が入って来た。

彼は伸子の額を撫でながら、

「さあここまで来たからもう安心です。……安心しておやすみなさい」

と言った。

「――大丈夫です、わたしがここにいますから」

どうかしてぐっすり眠りたく、眠りで苦しさから逃れたい伸子は、眼を瞑った。眠りそうになると痙攣が襲った。体がびくりとする。そのたびに彼女は先刻と同じように呻《うめ》いた。

「眠らせて……眠らせて……」

「ああ眠れますよ、さあおやすみなさい」

伸子はいつかそれでもとろりとした。体の節々がとろけるようになり、心が暗い居心地よいところへ引き込まれるようだ。仲子は髪のもしゃもしゃになった頭を枕に落し、一つ鼾《いびき》をかきそうになった。妙な感覚で彼女は半醒《はんせい》した。何かが顔に触《さわ》る。不意に柔らかく永く一つの唇が彼女の唇に押し当てられた。全神経が目醒《めざ》めた。佃の存在が灼《や》きつくように甦《よみがえ》った。仲子は、体じゅうに新たな戦慄《せんりつ》を感じながら、再び気を失いながら、佃の頸《くび》に両腕をまきつけ彼の唇に自分の唇を押しつけた。

誰かが、仲子の腕に触った。

「さあもう朝になりましたよ」

そして仲子の腕を佃からはなさせた。

「今度は私がいてさしあげます。この方もお寝《やす》みなさらなけれやなりませんですからね」

他愛なく枕の上に腕が落ちた。仲子は視点の定まらない熱にうかされた眼で看護婦を見た。室内に流れる冷たい灰色の払暁の光線を感じた。仲子は反射的につぶやいた。

「そう――朝になった」

自分は眠ったのか眠らなかったのか一向はっきりせず、ただ一晩中うねる大波に揉まれていたような心身の疲労を極度に感じた。眠い、やたらに眠い。

「そうそう、いいお嬢さんですね、おやすみなさらなけれやいけませんよ」

伸子は、微《かす》かな歪《ゆが》んだ頬笑みを浮べた。佃の声がした。

「――それではまた参ります。何か持って来るものはありませんか」

重い睡眠の中へ引き込まれるような感じと戦い、伸子は辛《かろ》うじて注意をまとめた。

「じゃあ箱をもって来て――青い革《かわ》の――櫛《くし》や何か入ってる。――それから、父様によろしく」

一粒の丸薬をのまされた。佃はもういなかった。やはり時間の知れぬいつか、嘔《は》きたいほどまずいココアを二匙《ふたさじ》のまされた。


伸子はふと、ひそひそ戸口のところで何か言い争っている人声で目を醒ました。夕方なのかあたりは薄暗かった。薄暗い中に険しい調子が響いていた。

「どうぞ話はなさらないで下さい」

「そんなことは私の自由です。私はちゃんとあの人の父親からたのまれて出入りすることを許されているのです」

「ええ、それはよく承知しています。ですから、部屋にお入りになるのはよろしいが、どうか病人に口を利くのだけは御遠慮下さい。絶対に神経を休ませる必要があるのですから」

佃が入って来た。寝台の上の伸子を見下しながら、彼はやがて普通の人に言うように、

「どんな工合ですか」

と言った。

「Oh! Please don't!」

伸子は彼が変に頑張《がんば》るのが看護婦に対して恥ずかしいような気がし、きかれてちっとも嬉しくなかった。彼女は泣きたいような頭の中で呟《つぶや》いた。

「どうしてあの人は口を利くのだろう」

黙っていると、佃はもう一度押しつけるようにききなおした。

「いかがですか、気分は」

伸子はそれに答えず、悲しげに咎《とが》めた。

「なぜあなたはものをおっしゃるの？」

いきなり神経的な涙が瞼《まぶた》一杯になった。伸子はめいった気持を感じながらそのまま眠った。

●編者より

宮本百合子は書店の本棚であまり見かけなくなった作家のひとりかもしれません。自伝小説『伸子』を含め、多くが青空文庫に入っています。

菊池寛「神の如く弱し」のところで、久米正雄の「恋愛事件」（というか、失恋事件）について触れましたが、久米は夏目筆子と出会う前に好きになった人がいて、それが中條百合子でした。

百合子の父は慶應義塾大学図書館（重要文化財）や明治屋や講談社などの社屋を設計した建築家。百合子はブルジョア家庭のお嬢様として育てられましたが、高等女学校時代から小説を書きはじめ、大学一年生のときに『貧しき人々の群』を発表して注目されます。

しかし百合子は大学を中退して父とともに渡米。一方の久米は夏目家に出入りするうちに筆子を好きになった、ということでした。

アメリカで父の中條精一郎（小説では「佐々」）はスペイン風邪に罹ってしまいます。そして父が回復すると、こんどは百合子（小説では「伸子」）が罹患してしまいます。病状の変化、患者や付添人の心理状態などの描写が見事です。

佐々父娘を手助けしてくれる佃（ペルシア文学者の荒木茂がモデル）と伸子は結婚し

ますが、やがて破綻してしまいます。この結婚と破綻の一部始終を描いたのが『伸子』です。

荒木茂と離婚した百合子は『伸子』を発表します。

その前から共産主義に傾倒していた百合子は三一年、日本共産党に入党。三二年、文芸評論家の宮本顕治と事実婚。三三年、宮本顕治が検挙されると翌年に婚姻届を出して、いわゆる獄中結婚をします。宮本顕治は四五年、日本の敗戦により釈放・復権され、日本共産党の幹部になっていきますが、百合子は五一年に亡くなってしまいます。『伸子』は宮本百合子が中條百合子だった時代の代表作です。

嚔 「女婿」より

佐々木邦

佐々木邦（ささき・くに）
一八八三年静岡県清水町生まれ。『いたづら小僧日記』『心の歴史』など。大正から昭和初期に流行した大衆文学のジャンル「ユーモア小説」の先駆的作家。『女婿』「嚏」にて家庭風景でのスペイン風邪の脅威をユーモアを交えつつ描いている。一九六四年逝去。

一九二五年九〜十一月『主婦之友』連載

本章は短編小説「女婿」より一部を抜粋したものです。

清之介君の結婚式は二ヵ月かゝったというので未《いま》だに一つ話になっている。新夫婦は式後愛情真《まこと》に濃《こま》やかに、一ヵ月と二十何日というもの絶対に引き籠っていた。余り念が入った所為《せい》か、清之介君はその揚句《あげく》初めて出勤する時、ネクタイの結び方を忘れてしまった。こんな筈《はず》はなかったのにと、白シャツ一枚で頻《しき》りに我と我が喉の縊《くび》り方を研究している中に悪寒《さむけ》を覚えて、用心の為《た》め又三四日休んだ。元来結婚式と新婚旅行の為め五日の予定で休暇を取ってから、丁度二月目で無事な顔を同僚に見せたのである。今は子供が三人も出来て、もう旧聞に属するけれど、これがその当座会社内の大評判だった。

その頃世界風邪、一名西班牙《いちめいスパニッシュ》インフルエンザというのが日本中に流行した。これは日本が欧洲大戦に参加して一等国になった実証でも何でもなく、実に迷惑千万な到来物だった。悪性の流行性感冒で、罹《かか》ると直《す》ぐに肺炎を発する。東京丈《だ》けでも毎日何百という市民がこの疫癘《えきれい》に攫《さら》われて行く。学校も一時閉鎖となる有様。誰が死んだ彼れが死んだと、自分の一家は恙《つつが》なくても、少くとも、知人友人を失わないものはなかったろう。この騒ぎの名残が今日でも東京の電車に跡を止《とど》めている。——咳嗽《せき》嚏《くしやみ》をする時は布片《きれ》又は紙などにて鼻口を覆うこと——とある。嚏《くしやみ》はその方針を一々電車の掲示に指定して置くほど人生の大問題だろうか？ 鼻腔に故障のない限りは、頼まれても然《そ》う無暗に出る筈のものでない。然《しか》るに当時は嚏から世界風邪が感染したのである。西班牙《スペイン》人の男性か女性か知らないが、第一回に嚏をしたもの、上に百千《ももち》の呪いあれ！ 嚏はその処置を市当局で斯《か》くの如《ごと》く制定するほどの重大事件になった。この要旨を布衍《ふえん》して、命を惜しい人は皆烏天狗《からすてんぐ》のようなマスクをつけて歩いた。恐水病《きようすいびよう》の流行った頃口籠《くつこ》を嵌《は》められて難渋したことのある畜犬共は、

「はて、到頭人間もやられたわい」

と目を見開いて快哉《かいさい》を叫んだと承る。この流感が猖獗《しようけつ》を極めている最中に清之介君は結婚式を挙げたのである。

嫁の座に直った時、支配人の令嬢妙子さんは、姫御前のあられもない、極めて大きな嚏を一つして、唯さえ心恥かしい花の顔容《かんばせ》を赤らめた。しかしその席に列していた父親は、

「は、あ、娘は何処かで褒められている。今朝の新聞にも娘の結婚のことが出ていた。虎の門出身の才媛として写真まで載せてあったから、今頃は彼方此方で器量を褒めているのだろう」

と解釈した。

間もなく盃の取り交しに移った時、花嫁は二つ続けて嚏をした。矢張りその場に控えていた母親は小首を傾《かし》げて、

「これはしたり。娘は誰に憎まれているのだろう？　憎むもの丶ないように態〻姑《わざわざしゅうとめ》のないところを選んだのだが、不思議なこともあればあるものだ」

と考え込んだ。

盃ごとが終った時、妙子さんは三つ嚏をして、両手で顔を覆った。父親の思えらく、

「吉兆《きっちょう》、吉兆！　婿は娘に惚れている」

しかしお土産物の披露が済んで花婿が先《ま》ず席を立った時、花嫁は四つ続けて嚏をした。

母親は娘の側に躙《にじ》り寄って、

「妙子や、お前風邪をひいたんじゃないの？」

と不安そうに尋ねた。

「私、先刻から頭が痛くて仕方がありませんの」

と妙子さんは涙をホロ〳〵零した。仲人は花嫁のお土産の披露の中に西班牙インフルエンザを言い落したのである。

「熱は然うないようですがね」

と母親は娘の額に手を当て丶いる。

「困ったなあ。精養軒の方へもう皆集まっている時分だのに、妙子や、お前我慢出来ないかい？」

と父親はそれほどまでに思っていない。

「矢っ張りありますよ、少し、熱が。ひょっとすると……」

と母親が言っている中に、既に諺《ことわざ》にある嚔の数をし尽《つく》した妙子さんは咳をし始めて、

「私、背中から水を浴びせられるように悪寒《さむけ》がして、迚《とて》も起きちゃいられませんわ」

とガタ〳〵震え出した。

「流感か知ら」

と父親は初めて思い当った。

「休まして戴きましょう。何にも心配することはありませんよ。もう此処がお前の家ですからね。寝ていようが起きていようがお前の勝手です」

と母親は娘に智恵をつけて、

「児島さん、もし、児島さん、一寸」

と仲人を魘《さしまね》いた。

「実は娘が流感らしいんでね」

と父親が用件を伝えた。今回は仲人でも平常は会社の下僚だから、児島さんは、

「は、あ、それは〳〵」

と恐縮して、

「如何《いかが》計らいましょうか？」

「直ぐ寝かしてやってくれ給え。それから医者だ。急いでね」

と父親は悉皆《しっかい》支配人になってしまった。

妙子さんは早速別間で床についた。斯《こ》ういう場合の用心にと羽二重の夜のものまで持って来ていたが、花婿の方でも、チャンと用意してあった。これによっても当時世界風邪が何《ど》れくらい流行っていたか察しられる。それは然うとして親戚の面々は急に手持無沙汰になって、立ったり坐ったりしている。

「皆さんは兎《と》に角《かく》……ホテルじゃない、精養軒の方へお引き取り下さい。御覧の通りの次第ですから、婿だけ披露式に出すことと致します」

と父親が言う。

「あなた、芽出《めで》度《た》い披露式早々から片一方欠けるなんかは縁起じゃございませんよ」

と母親は流感に罹れば死ぬものと思い込んでいるから、兎角気にする。

「でも芽出度い結婚式に発病しているじゃないか？　丈夫なもの丈け行くより外《ほか》仕方がないよ」

「それですから、延しては戴けますまいか知ら？」

「今更延せないよ。もう会社のものが皆集まっている。清之介君丈けに出て貰うさ」

「それじゃ片一方が欠けると申しているんですよ」

「清之介君が出なけりゃ両方欠けるぜ。両方欠ければ一家全滅じゃないか？」

「そんなことを仰有《おつしや》るものじゃございませんよ」

「それじゃ何うすれば宜いんだ？」

と父親はムシャクシャしている。

「清之介さんには家に残って戴いて、児島さん御夫婦と私達が一寸顔出しをすれば宜しいじゃございませんか？　ねえ、児島さん？」

「左様々々」

と児島さんは相槌《あいづち》を打つ。

「しかし当人達が一向顔を見せなければ披露にならない。それじゃ写真でも並べるかな、告別式のように」

と父親はもう焼け無茶だ。

「まあ〳〵、御病気のことですから、お客さま方も御承知下さるでしょう」

と北海道から来た清之介君の兄が口を出して、

「それに清之介は披露といっても同僚ばかりで皆見知り越しでしょうから、家に残るとして、仲人のお方と二方で宜しいじゃございますまいか？　私もお供致します」

と自分の存在を主張した。重役の令嬢と平社員の結婚だから、何うしても婿側の肩身が狭い。先方の親戚は豪《えら》そうなのが十何人か控えているのに、此方は北海道の運送屋さんが唯一の兄で、これが中風の父親と親類全体を一手に代表している。尤《もっと》も九州の叔母の配偶《つれあい》に陸軍大佐がある。清之介君は心細さの余りこの人に列席して貰《もら》おうと思って、再三懇願したけれど、遠隔の地とあって到頭来てくれなかった。

「会社のものばかりなら何うでも構いませんが、他《わき》からも大勢見えるのです。しかし妻《さい》が御幣《ごへい》を担ぎますから、仰せに従いましょうかな」

「そこのところは私から宜しくお客さま方へ申し上げます」

と仲人も口を添えた。

「然う願いましょう。それじゃ清之介君、頼みますよ」

と父親は時刻が追々移るので、竟《つい》に納得した。

「は、承知致しました。もう間もなく医者も参りますから、は」

と清之介君は舅《しゅうと》即ち支配人と思っているから、甚だ腰が低い。

「成る可《べ》く早く切り上げて参りますから、何うぞね」

と母親も頼む。

「は、かしこまりました。は」

と一同が自動車に乗り込むのを見送って、清之介君は花嫁の休んでいる部屋へ引き返し、羽織袴《はかま》のまゝでその枕頭《ちんとう》に侍した。式は済んでもまだ言葉一つ交さないのだから女房とは思えない。如何に勇を鼓しても支配人の令嬢という頭がある。

「妙子、何うだね、容態は？」

と食《く》わせれば宜《よ》かったのに、清之介君は極めて自然に、

「妙子さん、御気分は如何でございますか？」

とやってしまった。天下を嬶《かかあ》に渡すか渡さないかは最初の第一歩にある。

「頭が痛くて……」

と花嫁はもう余所《よそ》行《ゆ》きは止めている。ここで覚《さと》るところあっても晩《おそ》くはなかったのに
清之介君は、

「もう医者が見える筈でございますが、斯うしている間に一つお熱を計らせて戴きましょう」

と矢張り羽織袴を脱がず、下へも置かない扱いを続けた。

「計って頂戴。大分あるようですよ」

「お待ち下さい。唯今《ただいま》検温器を探して参ります」

「序《ついで》にお白湯《さゆ》を一杯頂戴、婆やに然う仰有ってね」

と妙子さんは何も当日から支配人の娘を鼻にかけたのでなく、単に良人《りょうじん》として遇したのである。然るに清之介君は女房を支配人の令嬢として遇していたから、

「は、承知致しました」

と応じた。女中もいるし、里から婆やも手伝いに来ているのだから、それに命じて煙草でも喫《す》っていれば宜いのに、自らお湯を汲《く》んで来て、

「お熱うございますよ。検温器はこゝに置きます」

「来《き》い〳〵早々御面倒をかけますわね」

と妙子さんは病苦の中にも態〻《わざわざ》粗雑《ぞんざい》な言葉を吟味して女房振りを見せているのに、

「いゝえ、何う致しまして」

と清之介君は何処までも女房を令嬢扱いにしている。後日悉皆細君の下敷になってしまったのも全く道理のないことでない。

妙子さんはもう嚔は止まったが、頻りに咳をした。時計を見つめていた清之介君が、

「もう宜しゅうございましょう」

と言っても聞えないくらいだった。拠《よんどころ》なく、

「失礼でございますが、一寸……」

と断って、妙子さんの腋《わき》の下から検温器を引き出さなければならなかった。

「大変でございますよ。三十九度七分！」

「流感でしょうね？」

と微《かす》かに呟《つぶや》いて、妙子さんは目を閉じた。長い睫毛《まつげ》に涙が露と宿っていた。

「さあ、何うでございましょうか知ら？　お胸がお痛みでございましょうか？」

と訊《き》いても返辞がなかった。唯息使いだけが小刻みに荒く聞える。

「妙子さん、あなたお苦しゅうございましょうね？」

「…………」

「もう医者が参りましょう」

細君は良人の奴隷ではない。御機嫌次第では良人の言葉に応答しなくても宜い。殊に自分が何か屈託があって良人が小煩《こうるさ》い時には然う一々返辞をするものでない。若《も》しそれがお気に召さなくて、

「おい、返辞をしろ！　お前は耳がないのか？」

と極めつけられたら、

「あなたは随分勝手なお方ね。私の欲しいものを二つ返辞で買って下すったことがございますの？」

と遣《や》り返す資格がある。妙子さんはもう細君だから、この作法の実行を心掛けていたのである。然るに分りの悪い清之介君は、

「妙子さん、あなたお白湯は召し上りませんの？」

と飽くまであなたさまに崇め奉っている。

折から俥《くるま》が玄関に止まって、婆やと女中が医者を案内して来た。待ち侘《わ》びていた清之介君は慇懃《いんぎん》に迎えて、座蒲団を薦め、早速発病の次第を説明し始めた。先生は、

「はゝあ。はゝあ」

と頷《うなず》きながら聴いている。

「はゝあ、成程、結婚式で……それはお芽出度うございました」

と軽くお辞儀をして花嫁の方へ振り向き、

「……はゝあ、そのまゝお休みに……披露式へはお出にならずに……はゝあ、成程、瀬戸際まで漕ぎつけて、それは少々お気の毒でございましたな」

と又清之介君を顧みて破顔一笑した。

診察の結果は申すまでもなく流行の世界風邪と決定した。こゝ両三日が最も大切で肺炎に変じないとも限らないとあった。医者は手当の方法を詳しく言い含め、尚《な》お看護婦の周旋を引き受けて立ち去った。後には清之介君、もう羽織袴どころではなかった。女中を氷屋へ走らせる。追っかけて婆やに氷嚢《ひょうのう》を買いにやる。その間に自ら瓦斯《ガス》にかゝって湯湯婆《ゆたんぽ》のお湯を沸す。嫁を貰うとばかり思い込んでいて、看病の支度はしてある筈がないから、実際慌てたのである。

「あなた、私癒《なお》りましょうかね？」

と妙子さんは心細そうに尋ねた。

「大丈夫でございますよ。未だ肺炎と定まった次第《わけ》ではありませんから、御心配なすっちゃいけません」

と清之介君は力をつけた。

「母は未だでしょうか？」

「もうソロ〳〵お帰りでございましょう」

「真正《ほんとう》に御迷惑をかけて申訳ありませんわね」

「いや、何う致しまして」

清之介君の迷惑は啻《ただ》に花嫁の介抱丈けに止まらなかった。妙子さんが三日目に医者の懸念通り肺炎と変症した頃から、清之介君も咳をし始めて、晩に一寝入りすると熱が出た。そうして翌日は流感、その翌々日は肺炎と事が捗《はかど》った。双方勝り劣りのない重態で、一時は会社でも何方が早く片付くだろうかと噂をしていた。しかし里方総出の看護が効を奏して、妙子さんの熱が先ず分離し、それから三日目に清之介君のが分離した。何うしても細君本位の家庭と見えて、良人は後になる。

談話《はなし》をしても差支えない程度まで元気づいた時、未だ毎日采配を振りに来る母親が二人の病室の仕切りになっていた襖《ふすま》を外してくれた。

「妙子さん、もう御安心でございますね」

と清之介君が先ず御機嫌を伺った。

「宜うございましたわね。あなたも」

と妙子さんは同慶の意を伝えた。

「私、もうお目にかゝれないと思いましたのよ」

「私も。でも最早《もう》大丈夫でしょうね？」

「大丈夫でございますとも」

「飛んだお土産を持って来て真正にお気の毒でしたわね」

「いや、何う致しまして」

と清之介君は死ぬほどの目に会わされても一向意に介していない。

肥立ちに入っても用心の為め双方に看護婦が附き添っていたから、清之介君は細君と打ち解ける機会がなかった。随って矢張り女房と思えない。依然として支配人の令嬢「妙子さん」の「あなた」だった。尚お具合の悪いことには東京に身寄りのない清之介君は、この大患の間何彼《なにか》につけて細君のお里に負うところが甚だ多かったのである。見す見す妙子さんのお土産を背負ったことは分っていても、

「お蔭さまで命拾いを致しました」

と支配人夫婦にお礼を言わなければならなかった。好い面の皮だけれど、両親に於《おい》ても然う確信しているから仕方がない。妙子さんのが伝《うつ》ったとは決して仰有らない。唯清之介さんが流感に罹った、と全く別口に扱っている。母親は殊に身贔屓《みびいき》が強く、

「娘は確かに音楽会から背負《しょ》って参ったのでございますよ。一人で沢山なところへ婿まで罹りましてね。而《しか》もこの方が余程念入りでございました。あれは潜伏期の長いほど性

質《ち》が悪いと申します。娘のと違って直ぐ呼吸困難に陥りますから、一週間というもの私が附きゝりでございました。まあ、酸素吸入で命を買ったようなものでございます。でも式が済んでから宜うございましたよ。他人では迚《とて》もあれ丈け立ち入った看病は出来ませんからね」

と言っている。肚《はら》の中では清之介君のが妙子さんに伝ったと思っているのかも知れない。兎に角里は嫁の親であると同時に婿の命の親になってしまった。新婚早々これ丈けの恩顧を蒙ったのだから、唯さえ下り勝ちの頭が全く上らなくなったのも無理はない。清之介君は一ツ橋出身である。お天道《てんと》さまは今勤めている会社ばかりに照らない。人並の腕のあるものは何処へ行っても食える。支配人の令嬢を貰わなくても、立身出世の道はいくらもある。清之介君の縁談を耳にした時、同勤の親友辻村君はこの理を推して、

「支配人の女婿ということは一生祟《たた》るぜ。いくら出世をしてもあれはあれだからと言われる。僕は君の個性の為めに惜しむのさ」

と注意を喚《よ》んだ。しかし清之介君は既に一応首を縦に振った後だったから、

「何あに、個性は全うするさ。養子に行くんじゃあるまいし、高が女一匹だもの、何うにでも操縦するよ」

と自分の立場を弁護する外なかった。

それはさて置き、若い血汐《ちしお》の漲《みなぎ》っている有難さ、新夫婦はズン〳〵回復した。看護婦

もお暇が出て、初めて水入らずの新家庭になった。但し里方干渉の習慣は流感のどさくさ紛れに堅く根を張ってしまって、母親が一日置きに見舞いに来る。尤も妙子さんは末の娘だから呉《く》れたようなところという最初からの註文で、東京に親戚のない清之介君に白羽の矢が立ったのである。それはお婿さんも仲人の打ち明け話で承知だったが、単に希望に過ぎないと解釈していた。

ところが或日《あるひ》のこと、

「あなた、今日は少し御相談があってお母さんがお見えになったんですよ」

と妙子さんが紹介した。

「実は宅の家作が一軒急に明いたのでございます。清之介さんも御存知じゃなくて？　宅から停留場へ出る道で、赤いポストの側の門構えでございます」

と母親は直ぐに喋《しゃべ》り出した。

「こゝよりも余っ程大きくて日当りが好いんですよ。肺炎の後は一体なら転地する方が安心ですけれど、然うも参りませんから、ねえ、あなた、越しましょうよ」

と妙子さんも口を添えた。

「はゝあ、私達が引越すんでございますか？」

と清之介君は初めて意味が分った。

「まあ、他人《ひと》ごとのように仰有って。オホヽヽヽ。お母さん、私達お家賃は払いませんよ」

「いゝえ、敷金まで入れて貰いますよ。オホ、、、」

と母子が面白そうに笑って、もう転宅が定《きま》ってしまったのである。

●編者より

佐々木邦もちょっと忘れられた感のある作家ですね。「ユーモア小説のパイオニア」なんて呼ばれたりもします。

そういえば「ユーモア小説」ということばも、最近はあまり聞かれません。ユーモラスな小説、たとえば垣谷美雨の『老後の資金がありません』や小路幸也の「東京バンドワゴン」シリーズのように、読んでいて頰がゆるんでくるような小説は人気なのに、ことさらそれを「ユーモア小説」とは呼ばなくなりました。「ユーモア」ということばが古くさいのかな。

「お笑い」は求められているけど、「ユーモア」は忌避されているのだとしたら、ちょっとそれは憂うべきことかもしれません。

「嚔」は「ユーモア小説家がスペイン風邪を題材にしたら」という設定そのまんま、みたいな小説です。

ついでに言いますが、「嚔」を「くしゃみ」と読むなんて、初めて知りました。

驚きますね。スペイン風邪のようなパンデミックをユーモラスな小説にしてしまうのですから。なんていうか、不謹慎というか……。

新型コロナウイルス感染症のさなかだと、「笑いのネタにしてはいけない」というようなタブー感があります。深刻そうな顔をして語らなきゃいけないという無言のプレッシャー。でも、それがいっそう世間の空気を重くしているんだと思うんですけどね。

佐々木邦はスペイン風邪の悲惨さと重大さがわかっていないわけじゃないんです。「嚔」の冒頭でも、〈西班牙《スパニッシュ》インフルエンザ〉が〈悪性の流行性感冒で、罹ると直ぐに肺炎を発する〉〈誰が死んだ彼れが死んだと、自分の一家は恙なくても、少くとも、知人友人を失わないものはなかったろう〉と書いています。

そのうえで、二か月もかかってしまった清之介君の結婚式について、ユーモラスに描いていています。

「世間では〈西班牙インフルエンザ〉が猖獗《しょうけつ》をきわめているというのに、結婚式の当日に花嫁がくしゃみをすると、父親は〈娘は何処かで褒められている〉と言い、くしゃみが止まらないと〈吉兆、吉兆！　婿は娘に惚れている〉と大喜びする始末。

いま東京や大阪の電車内で大きなくしゃみのひとつもすれば、周囲の人はギョッとして少しでも離れようとするし、「ウイルスをまき散らすな」と言わんばかりににらみつけるでしょう。へたをすると暴力沙汰にさえなりかねない。

殺伐としています。

まあ、清之介君の場合は、結果的にあまり深刻なことにならなかったので、花嫁の父の〈吉兆、吉兆！〉も許されますが、そうならなかった人びとも多かったことでしょう。

もちろん佐々木邦はそうしたことも十分承知した上で、このユーモア小説を書いたのだと思います。

『女婿』は「嚔」「甘栗」「電話」の三つの章からなり、雑誌『主婦之友』の大正十四年（一九二五年）九月号から十一月号に連載されました。現在は青空文庫で全体を読むことができます。

風邪一束

岸田國士

岸田國士（きしだ・くにお）

一八九〇年東京都新宿区生まれ。軍人の家に育ち、陸軍士官学校を経るも文学に傾倒、パリで演劇を学び直す。「古い玩具」「ぶらんこ」等数々の戯曲を発表、演劇革命を唱える。『悲劇喜劇』の創刊、文学座の創立など、演劇の興隆に尽力した。随筆「風邪一束」でスペイン風邪に言及。一九五四年逝去。

一九二九年一月三、四日『時事新報』連載

年久しくその名を聞き、常に身辺にそれらしいもの、影を見ながら、未《いま》だ嘗《かつ》てその正体をしかと捉えることの出来ないものに、風邪《かぜ》がある。

風邪は云《い》うまでもなく一種の病である。多くは咽喉が荒れ、咳《せき》が出、鼻がつまり、頭が痛み、時には熱が上り、食慾進まず、医師の手を煩わす場合が屢々《しばしば》ある。

凡《およ》そ今日では、病気の数がどれくらい殖《ふ》えたろうか。病名がきまって、病原のわからぬものも随分あると聞いているが、病原がわかっても、予防ができず、予防はできても治療できない病気の名などは、あまり耳にしたくないものである。

さて、風邪のことになるのだが、私は、医学上、此《こ》の病気がどう取扱われているか知らないし、何々加多児《かたる》というのは風邪の一種だなど聞くと、もう興味索然とするので、風邪は飽くまでも風邪又は感冒なる俗名で呼ぶことにする。

――なんだ風邪か。

――風邪、風邪って、油断はならない。

実際、風邪くらいで大騒ぎをする必要はないというしりから、風邪がもとで死んだという話をして聞かせる奴がある。

尤《もっと》もかの流行性感冒という曲者《くせもの》は、近時、「スペインかぜ」なる怪しくも美しい名を翳《かざ》して文明国の都市を襲い、あっと云う間に、幾多の母や、夫や、愛人や、子供や、女中の命を奪って行った。同じ死神でも虎列刺《これら》や、黒死病《ぺすと》と違い、インフルエンザといえば、なんとなく、その手は、細く白く、薄紗《はくさ》を透して幽《かす》かな宝石の光りをさえ感ぜしめるではないか。

私も先年「恐ろしい風邪」を引いて、危く一命を墜とそうとした。

ふらっと旅に出た、その旅先のことで、海岸の夕風に小半時間肌をさらしたのが原因だった。それが、たま〳〵、さして懇意なというでもないA氏の家で、三日間発熱四十度を下らないという始末なのである。そのまゝ、H博士の病院へ運ばれて、肺炎ときまり……その後は話すにも及ばないが、此の時の風邪で思い出すのは、そのA氏——画家にして詩人なるA氏の素人医学である。彼は自ら原始人を以《もっ》て任じているが、実は、近代的感受性と一種の唯物観とが極度にその生活を支配する趣味的ボヘミヤンの典型である。自ら帆走船を作り、フレムを工夫し、浴室を建て、マムシ酒を醸造し、家族の病気を診断し、手製の体温器を挟ませ、同じく手製のハカリを以て投薬し平然として快復を信じている。種痘はペン先の古きを砥《と》いで之《これ》を行い、注射の針は八回に及ぶも之を替えず、下痢止めには懐炉灰《かいろばい》を飲ませ、細君のお産は三日目に床上げをさせるのである。

此のA氏は私が病院にはいっても、度々見舞に来てくれ、H博士に様々な医学上の建言をしていたようである。

私は嘗《かつ》て「奇妙な風邪」を引いたことがある。それは、台湾から香港《ほんこん》に渡る船の中である。当時の打狗《たかお》から香港まで、日本貨十円というのが三等の賃金で、その代り、苦力《くりい》と同房の船底である。あんまりひどいと思ったが、我慢をすることにして、莚《むしろ》の上に寝ころんでいると、その晩、忽《たちま》ち悪寒を覚え咽喉がかわき体温を計ると四十一度ある。

船が厦門《あもい》に着く頃、とう〳〵一等に代る決心をした。ボーイの肩につかまって、フラフラと甲板を歩いて行く寝巻姿の私を、支那の苦力たちは笑いながら見ていた。

其処《そこ》は一等船室である。莚の代りに、純白のベッットがあり、花瓶には花があり、水差には水があり、もうそれだけで、私は気持が爽かになるのを覚え、頭は急に軽くなり、熱は三十六度代に下っていた。

香港に着く前には、甲板を大股に歩きながら、船底の熱病を忘れていた。

処《ところ》で、面白いことには、初めから一等を買えば全部で三十円なのを、厦門から一等に代ったゝめ、支那銀で二十両支払わなければならず、当時の為替相場で、日本貨四十円である。こういう種類の損害は何時《いつ》までも記憶を去らないものと見える。

夜遅く巴里《ばりー》の裏通を歩いていると、一種独特な臭気が、何処《どこ》からともなく鼻をついて来る。それが多くは、冬または冬に近い季節の夜である。

私は、いまだに、その臭気が何物の臭であるか、わからずにいるのだが、それは多分煙草のヤニと、牛の血と、バタの腐ったのと、それらの混合した臭ではないかと思っている。一口に云えば、それが巴里のかの有名な下水の臭かもわからない。

その臭も、日本に帰ってから可なり長く臭がないので、自然忘れてしまったところ、近頃、ふとその臭を思い出したのである。思い出したというよりも、その臭と同じ臭が、私の鼻をかすめたのだ。なんの臭気だろう。そう思って、あたりを見まわして見るが、その臭は、何処から臭って来るのでもなく、実は自分の鼻の孔《あな》に籠っているらしいのである。

私は、鼻をくん〳〵云わせて、この不思議な「鼻の幻覚」を追い払おうとしたが、全く無駄であった。

それはたしかに、あの栗焼きの店が出る頃の、人通の絶えたリュウ・デュトオの臭である。更にまた、外套の襟に頤を埋めた無帽の少女が、最後の廻れ右をするオデオン座横の露地の臭である。

こういう不思議な現象が、最近五、六度もあったろうか。いろ〳〵研究の結果、それは私が多少とも風邪を引いている時に限るという奇妙な事実を発見したのである。

私は、今また風邪を引いている。そして、幾冬かの間嗅ぎ慣れたかの巴里の夜の臭を、今、懐かしく嗅ぎ直している。

そうだ。今でこそ懐かしいなどと云っているが、その臭は、私の過去を通じて、最も暗く、最も冷たい放浪時代を包む呪うべき臭だったのである。

風邪と巴里とが結びついた序《ついで》に、巴里で風邪を引いた時のことを考え出して見る。いよ〳〵伊太利《いたりー》へ発《た》つという間際に、発熱三十九度何分という騒ぎで、同行のH少佐を少からず心配させた。

それでも、病を押して、陸地測量部で開かれる聯合《れんごう》国々境劃定《かくてい》委員準備会議に出席したにはしたが、タクシイの中で眩暈《めまい》がしてしようがない。

宿に帰り、寝台に横わっていると、H少佐はY博士を伴って見舞に来てくれた。

発てるか発てないかという問題である。

ヴェロナで、各国の委員が落ち合う日取は、今日、決まったばかりである。其処では重大な会議が開かれる筈《はず》である。

私は、どんなことがあっても、行くと云い張った。

幸いに、リヨン停車場を発つ朝は、熱が下がっていた、しかし、からだは極度に衰弱している。小さな手提鞄が死体のように重かった。

ヴェロナの宿は古い大理石の建物である。日が暮て、窓に倚《よ》ると、誂《あつら》えたようにギタアの音が聞こえて来る。恐ろしく咽喉が渇く。脚が顫《ふる》える。瞼《まぶた》が重い。ふと、ロメオとジュリエットの墓が此の町にあることを思い出す。さっき通りがけに見たアレナの廃墟が不気味な姿で眼の前に浮かんで来る。

――いけない。やっぱりおれは熱がある。

こうして、私は、その翌日、自動車でガルダ湖の周囲をドライヴし、翌日は三時間に亘《わた》る委員会に列席し、その夜はタイピスト嬢に十枚の意見書を筆記させ、三日目には、チロル、アルプスの麓、メラノの小邑に向って長途の自動車旅行をやってのけた。真夏の空に輝く千年の氷河を眺めて、私の風邪は何処へやらふっ飛んでしまった。

今年の二月、私は満二年の療養生活を卒《お》えようとする最後の時期に、M博士の所謂《いわゆる》試験的感冒に罹《かか》った、これを無事に切り抜ければ胸の方は全快という折紙がつくわけである。

例の海岸の発病以来、絶対に「風邪を引くこと」を禁じられていた窮屈な生活から、いよ〳〵解放される時が来たのだ。

「もう、いくら風邪を引いてもいゝ」――なんと愉快な宣告ではないか。

ある西洋人が、日本に来て、「日本人は何時でも、みんな風邪を引いている」と云ったそうである。

なるほど、そう云えば、そうかも知れない。第一、日本人の声は大体に於《おい》て、西洋人が風邪を引いた時の声に似ている。

第二に、日本人くらい痰《たん》を吐く人種は少い。

第三に、劇場や音楽会や、いろ〳〵の式場などで、日本ぐらい咳《せき》の聞こえるところはない。いよ〳〵始まるという前に、先《ま》ず咳払いをして置く。一段落つくと、あ、やっと済んだという咳払いをする。芝居なら、幕の開いている間でも、一寸《ちよつと》役者の白《せりふ》が途切れると、あっちでもこっちでも咳をする。

私の知っているある婦人は、なんでも静かにしていようと思うと自然に咳が出るそうである。つまり、呼吸《いき》をこらすと咽喉がむず〳〵するんだろう。これなどは、生れながら風邪を引いている証拠である。

今年は私もせいぜい風邪を引こう。

●編者より

「演劇界の芥川賞」とも呼ばれる岸田國士戯曲賞に名を残す岸田國士。

その文壇でのデビューは意外と遅く（なにしろ陸軍士官学校を卒業して軍人となったものの、文学への思いを断ちがたく東京帝国大学仏文科専科に入学して文学を学び直したというのですから）、このエッセイにあるスペイン風邪の罹患はまだ劇作家・小説家となる前のことです。

ちなみにこの「風邪一束」が最初に発表されたのは『時事新報』一九二九年一月三日・四日です。

パンデミックは執筆時点からすると十年ほど前に起きたこと。それでもつい最近のように感じられる大きなできごとだったのだとうかがえます。

それでも、関東大震災や日中戦争・太平洋戦争と続くうちに、スペイン風邪の記憶は少しずつ薄れていったのではないでしょうか。

おわりに

わたしがスペイン風邪について知ったのは、二〇〇二年のことでした。もちろんかつて「スペイン風邪」という病気が流行したこと、日本国内のみならず世界的流行であったことなどは知っていました。高校の歴史の授業でも習ったような気がしますが、それほど重要なこととは思いませんでした。

わたしは二〇〇二年に茶の湯の稽古を始めました。師匠は大野宗恵（智恵子）という人で、明治四五年（一九一二年）生まれ。わたしが入門したとき師匠は九〇歳。「ほんのわずかな違いで明治生まれなんて、ずいぶんおばあさんみたいでいやね。大正に生まれたかったわ」とときどきおっしゃっていました。

稽古の合間に昔話をうかがうのが楽しみでした。師匠の父は大野鈍阿《どんな》といい、茶人としても知られた実業家、益田鈍翁《ますだどんのう》（孝）お抱えの陶芸家でした。師匠は幼いときに大野鈍阿の養女となりました。

「わたしは日本橋蛎殻町《かきがらちょう》で生まれたの」が師匠の口癖でした。実の父は町医者で、家には往診のための人力車があり、車夫がひかえていたこと、近所に歌手の藤山一郎が住んでいたこと（「あの人は、ほんとうは増永丈夫さんというのよ」と、たびたび師匠はおっしゃっていました)、洪水があったことなどを断片的にうかがいました。

師匠が大野鈍阿の養女となったのは、実父がスペイン風邪で亡くなったからでした。どういう経緯があったのかは詳しくうかがうことができませんでしたが(あるいは、師匠自身、幼くてよくわかっていなかったのかもしれませんが)、日本橋蛎殻町の医者の娘から世田谷等々力《とどろき》の陶芸家の養女へと環境が激変し、人生も大きく変わりました。

わたしが稽古の合間に聞いたのは、益田鈍翁の思い出、茶の湯の手ほどきをした五島《ごとう》慶太《けいた》の思い出(几帳面な人で、自分が亭主を務める茶会の前になると、最初から最後まで全部を通しで稽古をつけてほしいというので閉口した話――茶会は四時間ぐらいかかります。早朝、上野毛《かみのげ》の屋敷から等々力の鈍庵《どんあん》まで散歩してきて、「財布を持たずに家を出たので、帰りの電車賃を貸してほしい」と言ったこと――自分が経営する鉄道会社なのに)、巣鴨プリズンに茶箱を抱えて戦犯の見舞いに行ったことなどです。

毎週、師匠の話をうかがいながら、「もしもスペイン風邪の流行ということがなければ、先生の人生はどんなだったろう」と思いました。一〇〇歳で亡くなるまで好奇心旺盛な人でしたから、日本橋蛎殻町生まれのチャキチャキの江戸っ子として愉快な人生を送ったのではないかとも想像します。

とにかく、師匠の話から、スペイン風邪について興味を持ったわたしは、折に触れて自分でも調べてみました。すると意外なことが次々とわかりました。まず驚いたのはその被害の大きさです。日本国内だけでも患者数二三〇〇万人、死者三八万人。一九一八年から二〇年ごろの日本の人口は五五〇〇万人ぐらいですから、現代でいうと八〇万人ぐらいの人が亡くなっている感覚です。また、死者数についても、たとえば歴史人口学者の速水融《はやみあきら》は『日本を襲ったスペイン・インフルエンザ』（藤原書店）で四五万人という数字を挙げています。もしもいま八〇万人から九〇万人ぐらいが亡くなったら、世の中はどうなるか。そして、わたしの師匠のように、家族の誰かが亡くなることで人生が大きく変わってしまう人だってその何倍もいたわけです。

ところが不思議なことに、「スペイン風邪」はいまひとつ印象が薄いんですね。スペイン風邪終息を一九二〇年とすると、その三年後に起きた関東大震災は死者・行方不明者一〇万五千人と推定されています。死者数の多寡によって物事の重大性が変わるわけではありませんが、スペイン風邪のほうは四倍も死者が出ているのに、なぜ印象が薄いのか。

仮説としてはいろいろ考えられます。たとえば、直後に関東大震災が起きたからではないか。つまり、より衝撃的なことが起きたので、その前のスペイン風邪流行の印象が薄れてしまったのではないか。

視覚的な衝撃力の違いということも考えられます。ビルが倒壊したり、火事で焼け野原になった写真は、誰が見ても衝撃を受けます。一方、スペイン風邪は目に見えない。

ウイルスそのものも見えないし、感染症に罹った人も発熱し肺炎を起こし衰弱していくだけで、外見上の変化はそれほどありません（だからこそ怖いのだともいえますが）。同じく感染症でも結核には喀血《かっけつ》などのイメージがあります。スーザン・ソンタグが『隠喩としての病い』（みすず書房）のなかで、そういう議論をしていましたね。

でも、いちばんの原因は名前ではないかと思います。岸田國士は「風邪一束」のなかで〈「スペインかぜ」なる怪しくも美しい名〉と言い、〈同じ死神でも虎列刺《これら》や黒死病《ぺすと》と違い、インフルエンザといえば、なんとなく、その手は、細く白く、薄紗を透して幽かな宝石の光りをさえ感ぜしめるではないか〉と書いています。

「スペイン風邪」の呼称も、そもそもはアメリカ国内の兵営から広がったにもかかわらず、第一次世界大戦下の情報統制・情報操作もあって、感染が拡大した地域のひとつであるスペインの名を冠したのはスペインの人びとにとって気の毒であるし（トランプ米前大統領は新型コロナウイルス感染症についてしつこく「中国ウイルス」と言い続けていたけれども、ならばまずはスペイン風邪を「アメリカ風邪」と訂正してからにしろよ、と言いたくなりますが、やはりWHOも言うとおり、感染症に国や地域の名前をつけるのはよくありませんね）、そもそも「風邪」というのがいけなかったと思います。速水融も前掲書で〈風邪とインフルエンザは全く異なっている。英語では前者はcold、後者はfluと異なる言葉であって、区別は明瞭である。日本語では、インフルエンザを訳すと、流行性感冒となるが、感冒と風邪は同義語であるから混乱が生じた〉と指摘しています。

　こたびの新型コロナウイルス感染症のパンデミックでも、「ただの風邪だ」「たいしたことない」「夏になったら消える」と主張する人がいました。もちろん「ふつうの風邪」「季節性の風邪」も（新型ではない）コロナウイルスによって引き起こされるので、coldとfluの本質的な違いはなんなのかという議論もあるでしょうが、やっぱり重大な結果をもたらす可能性のある病気と、軽微な症状ですむことが多い病気とは、明確に区別して名づけるべきだったのではないかと、メディア産業の片隅に生息する者として思います。

　今回、スペイン風邪を扱った作家たちの文章を集めてみて、当時の人たちはけっしてこの感染症に鈍感でもなかったし、恐ろしさについて無知でもなかったのだと、あらためて知りました。もちろん感染のメカニズムについてまでは知らない人が多かったでしょう（新型コロナウイルス感染症によって、ウイルスと生物の違いや、ウイルスが宿主の細胞内でどのように遺伝子を複製するかなどを知った人は多いことと思います）。でも、一〇〇年前の人びとも、感染しないためにはどうしたらいいか、家族にうつさないためにはどうしたらいいかを考え、限られた情報のなかで不安におびえながら耐えていたことがわかります。とりわけ与謝野晶子の評論や志賀直哉の私小説にあるように、幼い子どもを抱えた人にとっては辛く恐ろしい日々だったでしょう。秋田雨雀の日記に書かれた松井須磨子のように、最愛の人をウイルスに奪われ後を追う人もいたでしょう。

しかし、この一〇〇年前の記憶をわたしたちはうまく受け継ぐことができなかった。うまく受け継いでいたら、新型コロナウイルス感染症についても、もう少しうまく対処できたのではないかと思うと残念です。新型コロナウイルス感染症もいつか終息します。問題はそこからです。この経験をわたしたちは未来に伝えていけるでしょうか。

解説
「感染症屋」より、疫病学的見地から

岩田健太郎

本を読むのが大好きだ。

僕は島根県の田舎の出身だが、運動能力が低く、また不器用だったために少年時代に山遊びや魚釣りなど、腕白な田舎の少年がいかにもやりそうな野外活動にはのめりこまなかった。豊かな自然を十分に楽しむこともなかった。ヘミングウェイのニック・アダムスのようにはいかなかったのだ。

いじめられっ子でもあった。昭和の時代に運動能力に劣り、また不器用だった少年によくあるパターンだ。そして、これまたよくあるパターンで、本に逃げた。本を読んでいる間だけ、辛い現実生活から逃避できたからだ。

マッチ売りの少女がマッチの炎の中に現実逃避的な夢の世界を楽しむことができたように、本を読んでいる間だけ、ぼくは自分の周りにある七面倒臭い現実世界から離れ、本の中の世界に没頭できた。

幸い、父親が読書家だったために家には大量の本があった。おそらくは学生時代あたりに入手したのだろう、油紙に包んだ、古い、旧仮名遣いの文庫本が多かった。そこで少年時代の僕は、難解な漢字と格闘しつつ、漱石や芥川たちの小説にのめり込んだ。ぼくは読書については悪食《あくじき》で、多種多様なジャンルの本をムシャムシャと読む方だ。しかし、明治・大正の「文豪」たちが書いた文章にはちょっと特別な郷愁の念が湧き上がってくる。この少年時代の体験のためであろう。そんなわけで、朝日文庫編集長の牧野輝也氏に本書の「疫病学的見地からの解説」を依頼されたときは、二つ返事でお引き受けした。

本書は一九一八年（大正七年）に勃発したインフルエンザの世界的大流行（パンデミック）を扱った日本のフィクション、ノンフィクションを集めたアンソロジーである。明治・大正時代の豪華な文豪メンバーの文章が集められた。ぼくの大好物である。もちろん、ぼくに解説の依頼が舞い込んできたのは、ぼくのささやかな少年時代の思い出のためではないだろう（そんなもの、誰も知らんし、興味もない）。感染症屋の立場から、当時の文章を「疫病学的に解説」せよ、というのが依頼文であった。引き受けてから冷静に考えてみると、これはかなり無茶振り、かつやっかいなミッションである。

本書の読者は（ぼくと同様）文学を愛するゆえに本書を手にとったのだろう。インフルエンザという疾患や、その病原体のウンチクに興味関心が高いがゆえに本書を買おうという人は、あまりいないように思う。プロの感染症屋なら教科書や原著論文を読むだろうし、アマチュアの感染症マニアであれば、雑誌「ニュートン」や講談社のブルーバックスあたりを読むのではなかろうか。こんなところで他社の雑誌やシリーズを紹介してよいのか、知らんけど。

お笑い芸人がユーモア満載の小説を「お笑いの観点から解説」せよ、と言われれば当惑するのではなかろうか。よく言われるように「ジョークの解説はカエルの解剖に似ている。理解は深まるが、カエルは死んでしまう」のである。

というわけで、思いの外、難しい依頼を安請け合いしてしまったな、と半ば後悔しているのだが、お引き受けした以上はあとには引けない。お陰様で、役得で楽しい文章をたくさん読む機会もいただいた。「カエルが死なない」程度に、感染症のウンチクなどをここで語ってみようと思う。

明治・大正時代の日本人の平均寿命は四十歳ちょっとだ。ざっくり言えば、現在の半分の長さくらいしか生きられなかったのだ（本当はこの言い方はちょっと間違っているのだが、ここでは細かい議論は省く）。

長生きできない、がデフォルトだったこの時代の主な死因は結核、胃腸炎、肺炎、そして脳血管疾患（俗に言う、脳卒中）である。

結核の治療薬の嚆矢《こうし》、ストレプトマイシンが発見されたのが一九四三年（昭和十八年)。結核が「治る」病気になるのは戦後のことであり、当時の結核は現在で言えば進行がんのような「死に至る病」であった。当時、人口一〇万人あたりで年間で二〇〇人以上の人が結核で死亡していた。現在は二人未満だから、今よりも一〇〇倍以上結核で死んでいた時代であった。宮崎駿の映画、「風立ちぬ」でも主人公の細君が結核に罹患し、そのために命を落としているが、このようなエピソードは当時は普遍的だったのだ。

現在、先進国において「胃腸炎」で死亡する事例はそう多くはない。これがメジャーな死因になるのは、現代であれば途上国に限定されている。しかし、明治・大正時代の日本はまだ上水道も下水道も充実しておらず、人々の衛生観念も乏しく、有り体に言えば非常に不潔な国だった。こういう国では不衛生な食品や水から感染性腸炎を発症し、そして死亡に至るケースが多くなる。当時の日本はそういう点では「途上国的」だったのだ。

日本人はきれい好きで、衛生観念にも優れている、とよく言われるが、それはごく最近の話。往時の日本人は実に不潔で、つばを道端に吐き捨てたり、ゴミの投げ捨てなども平気で行っていた。岸田國士の「風邪一束」では日本人はいつも咳をしている。痰を吐いていると述べている。コロナの時代には人前で咳をするなんて(怒られそうで)怖くてとてもできないし、痰を吐くなど論外であろうが、当時の日本ではこれが当たり前だったのだ。

ぼくは小学生のとき（昭和五十年代）、夏休みの研究課題で路上に投げ捨てられた空き缶を集めて筏《いかだ》を作り、宍道湖《しんじこ》に浮かべたことがある。タバコの吸い殻やゴミのポイ捨ては日常的だった。母の実家は東京だったが、夏休みに東京に「帰省」すると空気が汚く、水がまずく、ドブ川が臭く、海がゴミだらけなのに閉口した。国土交通省によると、下水道処理普及率が五〇％に至ったのはなんと一九九四年（平成六年）のことである。日本はつい最近まで、とても不潔な国だったのだ。

ぼくは一九九八年にミャンマーを旅したことがある。首都のヤンゴン（当時）が臭いドブだらけで、猥雑だったことを思い出し、大正時代の東京はこんな感じだったのかしら、と想像した。もっとも、街こそゴミゴミしていたがミャンマーという国そのものは実に美しく、マンダレーまでの夜行列車（日本の昭和時代の車両のお古を使っていた！）から見える景色は絶品。人々は温厚でぼくは彼《か》の国のことが心から大好きになった。明治・大正時代に日本にやってきた「欧米人」たちも似たような心境になったのではなかろうか。本稿執筆時点（二〇二一年六月）でミャンマー旅行など夢のまた夢になってしまったけれど。

閑話休題。

世界で初めての抗生物質が開発されたのは一九一〇年（明治四十三年）頃。パウル・エールリヒと島根県出身の秦佐八郎《はたさはちろう》によるサルバルサンがその嚆矢となった。このことは、拙著『サルバルサン戦記』（光文社新書）で書いた。しかし、サルバルサンは梅毒という特殊な感染症の治療薬であり、またその治療効果は乏しく、毒性も強かった。アレクサンダー・フレミングがペニシリンを発見するのが一九二八年（昭和三年）、ドイツのゲルハルト・ドーマクがサルファ剤を開発するのが一九三〇年代後半、強力な抗生物質、ペニシリンが大量生産され、医療現場で活用されるのは一九四〇年代以降のことだ。本書の舞台となる大正時代にはまだ抗生物質は実質上存在しない。現在ならば「肺炎」は抗生物質で治療するのが常識だが、その常識がこの時期には存在しない。結核同様、当時の肺炎は多くの人の命を奪う病であり、治療法は存在しなかった。

脳血管疾患（いわゆる脳卒中、あるいは中風ともいった）は感染症ではないが、当時の死因の上位に入る。当時はおそらく脳出血が多かったと思う。高血圧の治療薬もなければ、診断に用いるCTスキャンもない時代だ。

現代人の死因のトップは悪性新生物、いわゆる「がん」であるが、大正時代にはがんになる方も亡くなる方も比較的少なくはない。理由は簡単だ。多くの人は、がんになるまで長生きできなかったからだ。もっと前の段階で、前述の別の理由で死んでいたからだ。

こどもだって、無事に生まれてくるとは限らない。当時の新生児（生後四週まで）死亡は出生千中五〇以上、乳児（一歳まで）死亡は一五〇以上であった。生まれた赤ん坊の六人に一人は生後一年も生きていられなかった。とにかく人が容易に死ぬ時代だったのだ。新生児死亡や乳児死亡が限りなくゼロに近づいている（乳児死亡は二五〇人に一人程度）現代日本とは大きな違いである。

「大正デモクラシー」の名前が暗示する、明るく文明的な大正時代だが、その実情は、感染症などの病気が普遍的で、街は不潔を極め、健康や長寿が得難いものだった時代だ。少なくとも、そういう側面「も」あるのが大正時代だ。

そのような文脈の中での「スペイン風邪」である。こうした時代背景を理解しながら本書を読めば、作品中の登場人物や筆者の死生観や、病気に対する認識（あるいは諦観）などが、よりリアルに感得できるのではなかろうか。アンソロジーに出てくる「スペイン風邪」は大量の感染者を発生させ、そして多数の死者を生んでいる。しかし、文中の人物の「スペイン風邪」への態度は恐怖に満ちている一方で、どこか突き放したような、乾いたような態度でもある。「死」というものがより日常的であった。また、これという診断方法も治療方法もなかった。現代の人のようにPCR検査がー、とか日本産のイベルメクチンはどうじゃー、というタイプの論争も起きなかった（たぶん）。

　さて、前置きが長くなったが「スペイン風邪」である。一九一八年から世界的に大流行したインフルエンザのパンデミックだ。

　なんとかデミック、というのは感染症の流行を意味する。突発的に一地域で流行するものをepidemicと呼び、長期的慢性的に存在する感染症をendemicと呼ぶ。世界中に流行するとこれをpandemicと呼ぶ。最近はinfodemic（インフォデミック、信用できないガセネタが流布すること）など、感染症以外にも「なんとかデミック」は転用されている。

　有名なユーチューバーなどは「インフルエンサー」なんて呼ばれたりするが、似たような名前のインフルエンザも語源は同じである。元は中世ラテン語→イタリア語が語源で、天体の「影響」で流行が起きると考えられていたため、このような名前になった。ちなみに、熱帯の感染症マラリアも語源はイタリア語で、「mala aria，悪い空気」という意味である。手元の『ランダムハウス英和大辞典』（小学館）によると、どちらも一八世紀に生まれた用語のようだ。

　オランダのアントニ・ファン・レーウェンフックが光学顕微鏡を開発し、「微生物」を発見したのが一六七四年のことである。しかし、この偉大な発見は当初専門家からは眉唾ものとして扱われた。そして、この微生物こそが感染症の原因である、と証明されるにはドイツの巨人、ロベルト・コッホの登場を待たねばならなかった。炭疽《たんそ》菌を用いて微生物による感染症発生をコッホが証明したのが一九世紀後半、一八七六年のことだ。一八世紀のヨーロッパ人がお空のお星さまや、「悪い空気」が病気の原因と考えたとしても、無理からぬことであっただろう。

一九一八年にパンデミックを起こしたのはインフルエンザ・ウイルスというウイルスだ。ただし、ウイルスは光学顕微鏡で見ることはできない。よって、当時の医療者たちは何と戦っているのか判然としない状況下で感染対策を強いられていた。現在のようにPCR検査などで病原体を見つけ出せる時代から振り返ると、それは実に恐ろしい体験であったと思う。

プロの感染症屋はどんなに致死性の高い病原体を相手にしても、そうそうビビったりはしない。戦う相手が何なのかが分かっている限り。が、「そもそも何と戦っているのか分からない」のは怖い。「分からない」は怖いのだ。アマチュアの方は逆に、怖がる必要のないものを過度に恐れ、本当は怖がるべき対象に無謀に立ち向かっていく。巨大な人間に立ち向かっていくノミのように。まさに「勇気」とは「怖さ」を知ることなのだ（by『ジョジョの奇妙な冒険』のツェペリ男爵）。ゾーニングが破綻したクルーズ船内にいる「怖さ」を知るように、だ。

スペイン風邪が何らかの感染症であることは知られていた。が、ウイルスの存在が明らかになるのは二〇世紀になってからで（ウイルスが起こす疾患そのものは、天然痘や狂犬病など、すでに認識され、ワクチンも開発されてはいた）、インフルエンザ・ウイルスが見つかったのは一九三三年のことである。

「スペイン風邪」に苦しむ患者からウイルスを見つけることは当時はできなかったが、患者から別の病原体は見つけられた。これが細菌のインフルエンザ菌だ。名前がややこしいが、要するにインフルエンザの原因と勘違いされた菌なので、インフルエンザ菌なのだ。今も使われている、ややこしい名前なのだ。インフルエンザは重症化すると二次性細菌感染を起こす。細菌は光学顕微鏡でも見えるから、当時はこれがインフルエンザの原因と勘違いしたわけだ。

ちなみに、日本では「スペイン風邪」対策に予防接種が大量に提供されたが、これも実は「インフルエンザ菌」に対するワクチンだ。与謝野晶子が「死の恐怖」のなかで、「私は家族と共に幾回も予防注射を実行し」と書いているのは、このことであろう。このワクチンのために重症二次性細菌感染を防ぎ、日本でのスペイン風邪の死者を減らすことに成功した、という主張を目にすることがあるが、そのような効果を実証的に示したデータをぼくは知らない。

いずれにしても、インフルエンザが重症化すると、ウイルス感染のみならず、細菌感染も併発するというのはよく知られた話である。「スペイン風邪」が重症化しやすかったのは、当時の世界の人達に、このウイルスに対する免疫がなかったからだ。なぜ、免疫がなかったかというと、インフルエンザウイルスの遺伝子に変化が起き、表面の抗原が変化して、人間の免疫細胞がウイルスを認識しにくくなっていたのである。こういうことが、インフルエンザウイルスには数十年に一度くらい起きる。その最大のパンデミックが一九一八年の「スペイン風邪」だったというわけだ。

余談だが、なぜ「スペイン」風邪かというと、第一次世界大戦の影響を受けていない稀有《けう》なヨーロッパの国だったスペインからインフルエンザの情報がたくさん発信されたため、と考えられている。実際にはアメリカ合衆国でこの病気は始まり、第一次世界大戦に参戦したアメリカの軍人によりヨーロッパに伝播し、その後世界中に広がりパンデミックになったと考えられている。

インフルエンザの症状は高い熱、体のあちこち、あるいは喉の痛み、寒気が急にやって来ることだ。そういう意味では、佐々木邦の「嚏」はそのインフルエンザの臨床症状が丁寧に、そして正確に記述されていて興味深かった。よりにもよって結婚式の日にインフルエンザに罹患してしまった令嬢の妙子さんだが、くしゃみ、咳、頭痛、「背中から水を浴びせられるように悪寒《さむけ》」がし、「迚《とて》も起きちゃいられ」ないのである。その症状の描写は極めて正確で、おそらく筆者あるいは周辺が実際に体験したインフルエンザの描写であろう。

宮本百合子の『伸子』でも、同様に非常に正確なインフルエンザ症状の描写がある。主人公の伸子はニューヨークに住んでいたのだが、ここでインフルエンザに罹患する。「濡れた兎」のような悪寒に苦しめられる。

そういえば、「嚔」にはインフルエンザ対策について興味深い記述が多い。例えば、咳くしゃみをするときには「布片又は紙などにて鼻口を覆うこと」とある。現在で言うところの「咳エチケット」だ。「命を惜しい人は皆烏天狗のようなマスクをつけて歩いた」とあるから、感染症予防目的のマスクも当時すでに周知されていたのだろう。さらに、

一週間というもの私が附きゝりでございました。まあ、酸素吸入で命を買ったようなものでございます。

とあるから、酸素投与という治療オプションもあったようだ。いろいろ、気付かされることが多い。

マスクと言えば、菊池寛の「マスク」も面白かった。本作の主人公は太っている。昔は肥満体は健康の証《あかし》だった。しかし、明治・大正のころから医学情報は変遷し、肥満はむしろ不健康の証拠となってきた。ちなみに、新型コロナウイルス感染症（COVID-19）

でも肥満は死亡リスクであり、我々が診療している重症病棟には肥満した患者が多い傾向がある。コロナ対策として、現場の医療者が密《ひそ》かにおすすめしているのは、ダイエットだ。

病気を恐れた「マスク」の主人公は外出を避け、そしてマスクを着用する。自らマスクを着用することを正当化しようとし、「臆病でなくして、文明人としての勇気だと思う」という。しかし、結局、その主人公もまた春になり、初夏になって暖かくなり、そんな気候のなかでマスクを着けるのが嫌になってしまう。そんな主人公がマスクをしないでいるとき、ある青年がマスクをしているのを見て、それを不快に思うのだ。なぜ、主人公が他人のマスク姿を不快に感じたのか。それは本編をお読みいただくのが良いと思うが、「周囲と異なる行為を敢《あ》えて行う勇気、そしてそれに対する不快感」は当時から日本にあった強い同調圧力の表現なのかもしれない。さすがは、菊池寛。現代の「文春砲」に通じる文藝春秋社の創始者である。日本人の習性への理解や観察の鋭さ、的確な批評には脱帽だ。

同じように感銘を受けたのは、やはり菊池寛の「神の如く弱し」におけるDivine Weakness、「神の如き弱さ」という概念である。病に苦しむ登場人物が、周囲の人物たちから軽蔑されつつ、金銭援助をオファーされる。そのオファーに対する「弱さ」の「美しさ」もまた、現代に通じるものがある。最も勇敢な言葉は「助けて」だ、という話をどこかで聞いたことがあるが、そういうことなのだろう。

　通常、インフルエンザは速攻的に発症し、しかし比較的短期でよくなってしまう感染症だ。大人だとだいたい一週間くらいで元気になって回復する。しかし、今回本書を読んで改めて感じたのだが、症状が長く続く方の描写が案外多くてびっくりした。「嚔」でも妙子、清之介両名が肺炎を合併している。細菌性肺炎だったのだろう。現在であれば、インフルエンザに続発する肺炎は抗生物質でさっさと治療することが可能だ。が、すでに述べたように当時は抗生物質という治療選択肢はない。よって、自然に治るまでとにかく寝て、酸素を提供されて、待つよりほかなかったのであろう。

　ぼくは実は、インフルエンザに罹ったことはない。毎年、インフルエンザのワクチンを接種しているせいもあろう。だから、それがどのくらい苦しい病気なのか体験していない。そして、自分の患者さんがインフルエンザから肺炎になれば、すぐに抗生物質で治療している。現代医療で細菌性肺炎に抗生物質を使わない、という選択肢はないのだ。だから、インフルエンザに続発した肺炎を抗生物質なしで治療されたとき、患者さんがどれだけシンドいのかは分からないし、そんな患者を観察したこともない。とにかく、とてもシンドいのだろうな、と想像するだけだ。

　永井荷風は『断腸亭日乗』で自分が「スペイン風邪」に罹患したときのことを記録している。十一月に「突然悪寒をおぼえ」、その後もなかなか改善しない。翌年一月にも

40℃の高熱に苦しんでいる。二月になっても、三月になっても症状は続き、結局、荷風は三年も後遺症に苦しんだのだという。二一世紀に生きる我々には到底想像できないほどの、長い長い苦しみを当時の「スペイン風邪」はもたらしたようである。

「スペイン風邪」は第一次世界大戦の終結間際に流行が始まった感染症だったが、世界中に沢山の死者をもたらした。世界では何千万の人が亡くなったと言われるが、これは大戦の死亡者数にも匹敵する。日本でも当時五千万人以上いた人口の半分程度が感染、数十万人人が死亡したと言われる。「自分の一家は恙《つつが》なくても、少なくとも、知人友人を失わないものはなかったろう」（佐々木邦「嚏」）という。本稿執筆時点で、一億以上いる日本の人口の中で一万人以上の方が新型コロナウイルス感染のために命を落とした。その社会に与えたインパクトももちろん、大きいのだが、当時の「スペイン風邪」はさらにそれ以上に巨大な影響を社会にもたらし、多くの知人、友人、そして自らも感染した。秋田雨雀は「秋田雨雀日記」の中で、恩師の島村抱月とその恋人の女優、松井須磨子が「流行性感冒」に罹患し、抱月がその後死亡したことを記している（松井須磨子はインフルエンザから回復するが、恋人を失い、翌年自殺してしまう）。抱月のことは与謝野晶子も「感冒の床から」で記している。なお、秋田自身、インフルエンザに罹患するが、やはりその症状は長引き、数ヶ月も病に苦しんでいたようだ。

与謝野晶子がインフルエンザの予防接種（実はインフルエンザ菌に対するワクチン）

を受けていた話はしたが、彼女は国の感染対策にはかなり批判的だったようだ。「風邪までが交通機関の発達に伴《つ》れて世界的になりました」と現代文明の弊害をチクリと皮肉り、「盗人を見てから縄を綯《な》うと云《い》うような日本人の便宜主義」と国の後手後手の対応を厳しく批判している。それだけではない。学校の対応がよくないとか、なぜ政府は密集する場所の一時的休業を命じなかったのか、とか、かなり辛辣《しんらつ》な批判が続く。与謝野が現代に生きていたら、グローバル化に伴う新型コロナのパンデミックや、常に後手後手にしか対応できない国のコロナ対応を相当手厳しく批判したことであろう。

治療薬の運用法についても彼女は非常に批判的だ。

平等はルッソオに始まったとは限らず、孔子も『貧しきを憂《うれ》いず、均《ひと》しからざるを憂う』と云い、列子《れっし》も『均しきは天下の至理《しり》なり』と云いました。

といい、「最上の解熱剤」が市民に提供されず、「一般の下層階級にあっては売薬の解熱剤」しか使えないと批判する。まあ、現代医学の視点から考えると、解熱剤でインフルエンザの治癒が早まったり救命できたりはしない。逆に「スペイン風邪」の死亡を助長したのはアスピリンの使いすぎ、薬の合併症が一因ではないか、という学説もあるくらいだ。しかし、そのような専門家の揚げ足取りはどうでもよい。大事なのは与謝野の素朴ではあるがまっとうな正義感であり、ときの政府を真正面からボコボコに批判するその態度の高潔さである。現代の日本の「専門家」も少しは与謝野の勇気を学ぶべきだ。

感染予防についても当時の人々の認識が窺えるのが、志賀直哉の「流行感冒」だ。かわいいこどもに感染させたくないゆえ、主人公の男性はできるだけの感染防護策を施す。娘を小学校の運動会に参加させず、女中が町に出るときも、店先で話し込んだりしないようにさせる。まさに、現代で言うところの「緊急事態宣言」「イベントの自粛」「ソーシャルディスタンス」といった飛沫感染予防である。結局、言いつけを守らずに女中が芝居を見に行ったか否か、ですったもんだするのだが、小説の内容をここでネタバレしてしまっては台無しなので、あとは本編をお楽しみに。

一風変わっているのが、谷崎潤一郎の「途上」だ。

「途上」は感染症や事故などをテーマにした短編ミステリーだ。ここにもインフルエンザの再感染のエピソードや腸チフス、パラチフスといった感染症への言及がある。

主人公の湯河の先妻は大正七年の十月に一度、翌八年の正月にもインフルエンザに罹患している。その数ヶ月後にチブスで逝去したのだ。大正六年の10月にもパラチフスに罹患している。繰り返す感染症。奇妙な話だ。ここからミステリーが展開される。

本来、「チブス」はリケッチアという細菌による感染症で、シラミが媒介する。しかし、文章中、食べ物による感染が示唆されているので、ここはいわゆる「腸チフス」というサルモネラ菌による感染のことだろう。同様に、パラチフスも別の種類のサルモネラ菌による感染症だ。まあ、こんな感染症屋のウンチクは面白くもおかしくもないかもしれないが。

腸チフスにしても、パラチフスにしても、サルモネラが飲食物を汚染して、口から感染する。現在なら抗生物質で治療できるが、当時は致死性も高くて根本的な治療法もなかった。余談だが、ほぼ同時代の高知県が舞台の宮尾登美子の小説『鬼龍院花子の生涯』にも腸チフスは登場する。同名の映画（五社英雄監督、一九八二年）では岩下志麻演じる俠客の妻と、夏目雅子演じる養女が腸チフスにかかる。岩下演じる妻のほうは死亡し、夏目雅子の方は回復、生存している。余談終わり。

「途上」では短期間に同じインフルエンザに二回罹患するなど、感染症学的にはおかしな記述もあるが（罹患により免疫が生じ、この免疫が低下するにはもっと時間がかかるから、そうそうすぐには感染は繰り返さない）、このような専門家の揚げ足取りは趣味が悪いから言わない（言ってるけど）。それより興味深いのは、本作中に「危険のプロバビリティー」という興味深い概念が紹介されていることだ。実は、これは感染症学の肝中の肝というべきところで、リスクは常にプロバビリティー、つまりは確率で論ずるのが基本なのである。業界用語ではライクリフッド（likelihood）、日本語では尤度《ゆうど》（いぬど、ではない）という変な言葉が使われる。これを理解しなければ、新型コロナウイルスのワクチンもＰＣＲ検査も、その他諸々の概念もまったく理解できない（理解できているる、と主観的に信じている向きも本当は理解できていない）。

というわけで、谷崎の「途上」は専門家的には食いつくところの多い、実に読み応えのある作品だった。もちろん、ミステリーとしても面白いのだが、そこに解説が立ち入るのは無粋だろうから、ぜひ作品をお読みいただきたい。

「解説」では本書のすべての作品を取り上げることができなかった。ぼくのような素人が斎藤茂吉の短歌や芥川の書簡を文学的に論ずることなどとうていできない。不十分な「解説」であることを心からお詫び申し上げつつ、本稿が皆様の作品理解や読書のわずかな一助になっていれば幸いである。

死んだカエルになっていないことを切に祈っています。

二〇二一年六月

（いわた　けんたろう／神戸大学大学院医学研究科教授）

「底本」

芥川龍之介「書簡」『芥川龍之介全集　第十巻』（岩波書店）

秋田雨雀「秋田雨雀日記」『秋田雨雀日記　第1巻』（未來社）

与謝野晶子「感冒の床から」『與謝野晶子評論著作集 第18巻』（龍溪書舎）

与謝野晶子「死の恐怖」『與謝野晶子全集　第12巻』（改造社）

斎藤茂吉「つゆじも」『斎藤茂吉選集　第一巻』（岩波書店）

永井荷風「断腸亭日乗」『荷風全集　第二十一巻』（岩波書店）

志賀直哉「十一月三日午後の事」『日本文學全集18　志賀直哉集』（新潮社）

志賀直哉「流行感冒」『志賀直哉全集　第三巻』（岩波書店）

谷崎潤一郎「途上」『谷崎潤一郎全集　第八巻』（中央公論新社）

菊池寛「神の如く弱し」「マスク」『菊池寛全集　第二巻』（文藝春秋）

宮本百合子「伸子」『日本の文学45』（中央公論社）

佐々木邦「嚏」『佐々木邦全集　補巻5』（講談社）

岸田國士「風邪一束」『岸田國士全集21』（岩波書店）

本書のなかには、今日の人権感覚に鑑みて差別的ととられかねない記述がありますが、書き手に差別の意図はなく、故人であること、発表当時の時代背景と感覚を考慮し、作品自体の価値を尊重し、加筆修正は行わず、原文のままといたしました。

文豪《ぶんごう》と感染症《かんせんしよう》
100年前《ねんまえ》のスペイン風邪《かぜ》はどう書《か》かれたのか

朝日文庫

2021年8月30日　第1刷発行

編　著　永江《ながえ》　朗《あきら》
芥川龍之介《あくたがわりゆうのすけ》　秋田雨雀《あきたうじやく》　与謝野晶子《よさのあきこ》
斎藤茂吉《さいとうもきち》　永井荷風《ながいかふう》　志賀直哉《しがなおや》
谷崎潤一郎《たにざきじゆんいちろう》　菊池寛《きくちかん》　宮本百合子《みやもとゆりこ》
佐々木邦《ささきくに》　岸田國士《きしだくにお》

発行者　三宮博信
発行所　朝日新聞出版
〒104-8011　東京都中央区築地5-3-2
電話　03-5541-8832（編集）
03-5540-7793（販売）
印刷製本　大日本印刷株式会社

ISBN978-4-02-265000-9

人生には何ひとつ無駄なものはない
遠藤　周作著／鈴木　秀子監修
人生・愛情・宗教・病気・生命・仕事などについて、約五〇冊の遠藤周作の作品の中から抜粋し編んだ珠玉のアンソロジー。

紫の火花
岡　潔
近年再評価が高まる数学者による、独自の思想の深まりを書いた名著、五六年ぶりの復刻。岡熙哉「親父・岡潔の思い出」収録。

岡潔対談集
岡　潔／司馬遼太郎／井上靖／時実利彦／山本健吉
根強い人気を誇る数学者にして随筆家初の対談集。碩学たちと語らう歴史・文学から哲学・宗教・美術・俳諧まで。講演「こころと国語」収録。

日本人の質問
ドナルド・キーン
著者が受けた定番の質問から日本人の精神構造や文化を考える表題作ほか、ユーモアたっぷりに綴られる日本文化についての名エッセイ集。

二つの母国に生きて
ドナルド・キーン
来日経緯、桜や音など日本文化考から、戦争犯罪、三島や谷崎との交流まで豊かに綴る。知性と温かい人柄のにじみ出た傑作随筆集。《解説・松浦寿輝》

このひとすじにつながりて
私の日本研究の道
ドナルド・キーン著／金関　寿夫訳
京での生活に雅を感じ、三島由紀夫ら文豪と交流した若き日の記憶。米軍通訳士官から日本研究者に至るまでの自叙伝決定版。《解説・キーン誠己》

長尾 剛
漱石ゴシップ
完全版

B級グルメ、電話嫌い、元祖「アイドル・格闘技・漫画」オタク⁉「知の大巨人」だが「聖人君子」ではない文豪の知られざるエピソード集。

井上 ひさし
井上ひさしの日本語相談

源氏名って何？ 下手な役者はなぜ「大根」？等、読者の日本語の疑問にことばの達人がユーモアを交えて答える。待望の復刊！《解説・飯間浩明》

獅子 文六
信子

上京し、女学校に赴任したタフで無鉄砲な新米教師・信子。初めての東京生活、校長と教頭の勢力争い…。漱石へのオマージュ、女版『坊っちゃん』！

獅子 文六
おばあさん

このひとには家族中誰も敵わない！ 昭和初頭のある中流家族を巡る騒動を、江戸っ子で明治生まれのしたたかな女性の視点で軽やかに描く。

梅原 猛
梅原猛の授業 仏教

生きるために必要な「いちばん大切なこと」とは何かを、仏教を通してすべての世代にやさしく語る。「梅原仏教学」の神髄。《解説・鎌田東二》

梅原 猛
梅原猛の授業 能を観る

「高砂」から「杜若」「道成寺」「安宅」まで、能の名作一五本。知の巨匠は、それらをどう読み解いたのか。刺激的で分かりやすい画期的な能入門。